KB054008

백년 후에
읽어도 좋을
잠언 315

백년 후에
읽어도 좋을

잠언 315

• 김옥림 지음 •

미래북
miraebook

내가 원하는 인생을 사는 것
그것이 최고의 행복이다

누구나 한 번뿐인 인생을 자신이 바라는 대로 살기를 원할 것이다. 인생을 여러 번 산다면 이런 인생, 저런 인생을 살아볼 텐데, 누구에게나 인생은 공평하게 단 한 번뿐이다.

이처럼 소중한 인생을 자신이 원하는 대로 산다는 것은 위대한 축복이 아닐 수 없다. 그런데 아쉽게도 자신이 원하는 인생을 살고 싶다고 해서 살아지는 것은 아니다. 그것은 많은 인내와 노력과 시간과 배움과 땀방울을 필요로 한다. 그냥 잘되는 것은 없다. 잘되는 데에는 그만한 이유가 있는 법이다.

물론 운도 그중 하나이다. 그러나 분명한 것은 운만으로는 부족하다. 인내와 노력과 시간과 배움과 땀방울, 거기에 운이 더해질 때 자신이 원하는 대로 살게 된다. 이것은 누구나 다 아는 삶의 공식이다. 하지만 보다 중요한 것은 아는 것이 아니라 알고 있는 것을 자신에게 맞게 실천해야 한다는 것이다. 실천이 따르지 않는 '앎'은 의미가 없다. 그것은 허공에 날리는 먼지와 같을 뿐이다.

이 또한 누구나 다 아는 삶의 공식이다. 그런데도 왜 자신이 원하는 대로 살지 못하는 걸까. 그것은 의지와 신념에 문제가 있기 때문이다. 의지가 약하고 신념이 부족하면 실천적인 삶을 살아가지 못한다. 의지와 신념을 길러 자신의 마인드를 강화해야만 할 수 있다.

마인드를 강화하기 위해서는 마음의 근육을 길러야 한다. 마음의 근육을 기르기 위해서는 마음을 강화해주는 글을 읽고, 날마다 자신의 마음을 들여다보는 자정의 시간이 필요하다. 좋은 글은 그 무엇보다 가장 뛰어난 마음의 보약이다. 단 한 줄의 문장이 사람을 절망에서 희망으로 이끌어주고, 고난과 역경을 이겨내는 에너지를 갖게 만든다. 그래서 좋은 글을 많이 읽은 사람일수록 세상을 보는 눈이 밝고, 고난과 역경에도 흔들리지 않으며 자기의 길을 걸어가 마침내 자신이 원하는 대로 살아간다. 마음의 근육이 그만큼 중요하다는 방증이다. 마음의 근육이 단단하면 의지와 신념 또한 강하게 단련된다.

이 책은 마음을 맑고 밝게 하고, 마인드를 강화해주는 다양한 글들로 구성되어 있다. 여기에 실린 글들은 SNS를 통해 많은 독자들이 공감하고 사랑해준 필자의 글과 필자가 새로이 쓴 글들을 묶어 누구에게나 도움이 되게 했다.

《백 년 후에 읽어도 좋을 잠언 315》에는 필자가 지금까지 오는 동안 경험하고, 느끼고, 성공하고, 실패했던 갖가지 크고 작은 시행착오를 통한 깨달음에서 성찰한 삶의 철학과 사상이 고스란히 배어 있는 생문生文, 즉 '살아있는 글'임을 조심스럽게 그러나 분명하게 밝혀두고자 한다.

한 편의 글을 읽는 데에는 그다지 많은 시간이 들지 않는다. 공부를 하다가도, 일을 하다가도, 지하철을 타고 가다가도, 버스를 타고 가다가도, 잠들기 전이라도 잠깐 잠깐 틈을 내서 읽을 수 읽도록 했다.

짧지만 깊은 울림을 주는 글로만 비단실을 엮듯 아주 정성스럽게 엮었다. 이 책에 있는 글들을 모두 완독하면 몸과 마음이 달라질 것을 확신한다. 이 글들이 마음을 에센스함으로써 마음의 근육이 강화되기 때문이다. 그것을 반드시 경험하게 될 것이다.

이 책을 대하는 모든 분들이 자신이 원하는 대로 살게 됨으로써 최고의 행복을 누리는 데 '인생의 빛'이 되기를 마음 깊이 소망한다.

김 옥 림

프롤로그

Chapter 1

나를 잘되게 하는 꿈과 희망의 잠언

14 - 77

Chapter 2

내 인생을 열어주는
인간관계의 잠언

누군가에게 반드시 필요한 사람이 되는 길 • 겸허하게 말하고 겸손하게 행동하기 • 선행을 베푸는 착하고 아름다운 삶 • 비판은 자신도 남도 죽이는 일이다 • 경청은 가장 좋은 대화법이다 • 참된 삶의 파트너 중심이 바른 사람 • 사람들이 칭찬을 좋아하는 이유 • 이성적으로 생각하고 이성적으로 행동하기 • 정중하고 부드럽게 말하기 • 편지의 효과를 이용하기 • 인격자의 길 • 상대를 사로잡는 관심의 기술 • 자신이 먼저 인사하기 • 포용력과 관용의 미덕 • 삶의 활력소, 기쁨을 주는 사람 • 약속은 행동의 언어이다 • 행동은 말보다 강하다 • 사람을 살리고 죽이는 한 마디의 말 • 웃음은 소통의 벨트이다 • 가슴의 언어로 말하고 행동하기 • 인생의 보약, 성실성 • 최선의 소통, 사랑 • 화난 사람의 마음을 풀어주는 법 • 지혜는 덕과 같다 • 소통의 달인이 되는 지혜 • 한 잔의 차는 마음을 열게 한다 • 자선慈善을 습관화하기 • 프리허그는 인사와 같다 • 사람의 마음을 읽는 기술 • 오픈 마인드로 자유롭게 소통하기 • 센스는 매혹적인 소통이다 • 자신을 포장하지 말고 있는 그대로 보여주기 • 원칙과 믿음을 반드시 준수하기 • 격려는 긍정의 포인트이다 • 꿈의 메신저, 존경하는 사람 • 취해야 할 사람과 버려야 할 사람 • 유머의 매력, 분위기 메이커 • 끈끈한 인간애를 기르기 • 지독한 모순, 편견을 버리기 • 인간관계의 법칙 • 인간의 본성, 사랑하는 마음 • 배려는 감동의 매직 • 가르침을 주는 자와 가르침을 받는 자 • 타인에게 관대하고 자신에게 엄정하라

나를 풍요롭게 하는
사색의 잠언

내 인생의 꿈이 되는
행복의 잠언

행복하고 싶다면 탐욕을 버려라 • 무관심 버리기 • 어려움을 이기는 방법 • 원망의 입술은 부정의 입술이다 • 비양심적인 행동을 버리기 • 용서하라, 마음이 후련해질 때까지 • 순리를 벗어나지 않기 • 학문의 본질 • 참다운 복이란 무엇인가 • 바른길을 걸어가는 사람 • 자신이 원하는 인생의 드라마 쓰기 • 진리는 죽지 않는다 • 슬기로 운 사람 • 완전한 하나가 되는 법 • 인생이라는 바다를 건너가는 힘 • 허물을 덮어주 는 사람 • 인간답게 살다 인간답게 가는 길 • 깊이 보고 깊이 생각하기 • 낡은 생각은 쓰레기통에 버리기 • 돈은 목적이 아니라 삶의 도구이다 • 원하는 것을 얻기 위해 기 도하라 • 약자를 도와주는 사람 • 이성과 양심에 따라 말하고 행동하기 • 게으름은 인생의 방해꾼이다 • 고난과 즐거움은 인생의 하모니이다 • 생산적이고 창의적인 사 람 • 후회 없는 삶 • 품격 있는 인생 • 성공의 징검다리 • 마음의 필터를 갈아 끼우 기 • 인간다움이란 무엇인가 • 의義가 죽으면 삶 또한 죽는다 • 내 인생을 바꾸는 사 람 • 진정으로 강한 사람 • 자신만의 철학과 사상을 갖추기 • 풍족한 마음 • 구르는 돌 에는 이끼가 끼지 않는다 • 가끔씩 지금의 나를 살펴보기 • 마음의 눈으로만 볼 수 있 는 것 • 넉넉한 마음을 품기 • 늘 깨어있어야 한다 • 자신의 노력을 믿어라 • 현실을 직시하는 눈을 기르기 • 숨은 1%의 창의력을 계발하기 • 생각의 차이가 성패를 결정 한다 • 성공주의자의 10가지 조건 • 절대적인 인생의 가치 • 진정한 실력자가 되기 • 전문 지식을 갖추기 • 집중력을 길러야 하는 이유 • 낙관적으로 생각하기 • 상황을 꿰뚫는 힘, 통찰력을 기르기 • 리더십을 기르는 방법 • 오늘에 안주하지 않기 • 자신 만의 주체성을 기르기 • 자신만의 생존법을 길러라 • 저돌적인 근성을 길러라 • 담대 한 마음을 기르는 방법 • 자신의 숨은 잠재력을 발견하기 • 땀방울은 언제나 정직하 다 • 고정관념은 변화를 가로막는 최대의 적 • 새로운 감각을 키우기 • 근검절약 정 신 기르기 • 행복한 인생의 4가지 조건

Chapter 6

내 인생에 별이 되는
긍정의 잠언

318 - 367

희망을 주는 사람 • 넘어지는 것을 두려워하지 않기 • 변화의 걸림돌 • 모험하라, 더 많이 모험하라 • 삶의 오아시스 • 열정형 인간 • 자신을 리드하는 사람 • 삶을 즐기면서 사는 사람들 • 당신은 가장 빛나는 당신 인생의 주인공이다 • 오늘과 다른 내일을 살아가기 • 무책임한 인생 • 마음의 굳은살 • 삶은 그 어느 것도 모험이다 • 인격이란 향기 • 완제품과 성공적인 인생 • 최악의 적 • 겨울 그리고 봄 • 마르지 않는 열정의 힘 • 자기 창조 • 가장 좋은 벗, 가장 나쁜 벗 • 지친 마음과 몸을 씻는 법 • 자신에 대한 믿음을 가져라 • 꿈은 한계가 없다 • 나를 유익하게 하는 살아있는 독서하기 • 삶의 향기, 친절 • 자정의 시간 갖기 • 희망의 태양 • 참 인간 • 인생의 소금 • 진정한 의義란 무엇인가 • 다양한 체험이 우리에게 주는 것 • 어리석은 일 • 자신만의 실력 갖추기 • 실존적 행위 • 생각을 확고히 하기 • 인생이라는 배를 항해하는 법 • 성공한 이들의 완벽한 공통점 • 허물을 감추지 않기 • 공짜의 유혹에서 벗어나는 법 • 적당한 이기주의자가 되기 • 자신을 사랑하는 것은 자신에게 진실해지는 것 • 나의 참모습을 발견하기 • 인생 • 나를 위해 기도하기 • 이성의 빛 • 기회는 운명처럼 온다 • 최악의 순간에도 길은 있다 • 마음의 미네랄

| Chapter 1 |

나를 잘되게 하는
꿈과 희망의 잠언

꿈의 동그라미를 자기 몸만 하게 그리면 꼭 그만큼만 이루게 되고,
자기 방만큼 그리면 꼭 그만큼만 되고, 학교 운동장만큼 그리면
꼭 그만큼만 이루게 된다.

믿음의 실체

꿈은 아직까지 이루어지지 않은 믿음의 실체이다. 보이지 않는 꿈을 꾸며 산다는 것은 어쩌면 막연하다는 생각이 들 때도 있다. 더구나 현실이 내 마음대로 되지 않거나 고통스러우면 더욱 그런 생각이 든다. 하지만 믿는 자가 결국 꿈을 이루는 법이다.

《파우스트》,《젊은 베르테르의 슬픔》,《이탈리아 기행》으로 유명한 독일 고전주의 문학의 대표 시인이자 작가이며, 과학자, 정치가이기도 한 요한 W. 뵌 괴테Johann W. Goethe는 "꿈꿀 수 있는 것은 무엇이든 이룰 수 있다."고 말했다. 그 또한 자신의 꿈을 이루기 위해 평생을 열정적으로 살았던 사람이다.

그렇다. 모든 것은 꿈꾸는 대로 이루어진다.

꿈을 이루지 못하는 것은 꿈을 꾸지 않거나 꿈을 이루기 위해 실천하지 않기 때문이다. 자신의 꿈을 이루고 사는 자와 그렇지 않은 자의 차이는 꿈을 꾸고 행동했느냐 아니냐에 달려 있다. 자신의 꿈을 이루고 싶다면 끝까지 꿈꾸고 행동하라. 믿음의 실체를 보게 될 것이다.

꿈은 믿음으로 이루어지고, 믿음을 잃지 않는 한
꿈은 반드시 이룰 수 있다.

성공의 힘

희망은 새롭게 변화할 준비가 되어 있는 사람에게만 찾아간다. 희망을 맞을 아무런 준비도 되어 있지 않는 사람은 아무리 기다려도 희망이 오지 않는다. 희망이 찾아오지 않는다고 불평하지 말라. 그것은 모두 자신의 책임이다.

희망을 맞아 새로운 내가 되고 싶다면, 희망이 찾아오도록 새롭게 변할 준비를 해야 한다. 또한 희망을 품고 변할 준비가 되어 있다면 일을 시작하기 전부터 성공할 수 있다는 신념을 가져야 한다.

이기는 사람들은 무엇을 하든, 이길 거라는 기대를 갖고 시작한다. 그러나 지는 사람은 마지못해 하는 마음으로 한다. 자신을 이기려는 마음, 그것이 성공의 힘이다.

승자는 어떤 환경에서도 불만을 말하지 않는다. 오히려 그것을 긍정의 에너지로 삼는다. 하지만 패자는 좋은 환경 속에서도 부정적으로 생각한다. 승자와 패자, 그것은 마음가짐에서 오는 확실한 결과의 차이이다.

성공의 올바른 마음가짐은 성공을 하겠다는 강력한 의지를 갖는 것이다.
의지를 갖고 나아가면 성공은 그다지 멀리 있지 않음을 발견하게 될 것이다.

끝까지 하는 사람이 받는 선물

인간은 살아 있는 모든 것 중에 가장 뛰어난 존재이다. 상상력이 뛰어나고 창의적이며 도전적인 마인드를 갖고 있다. 인간은 어떤 환경도 뛰어넘을 수 있도록 진화한 하나님의 가장 위대한 창조물이다.

자신이 이루고 싶은 목표가 있다면 목표를 이룰 수 있는 기회를 만들어야 한다. 가령 빵이 먹고 싶다면 빵을 사다가 먹든지 아니면 만들어 먹어야 한다. 가만히 있는데 빵을 갖다 주는 사람은 없다.

기회가 찾아오길 앉아서 기다리는 것처럼 바보 같은 짓은 없다. 기회가 찾아오길 기다리면 이미 늦다. 나에게 올 성공의 기회를 누군가가 먼저 차지할 수 있다는 말이다.

인생의 승리자가 되고 싶다면 적극적으로 자신의 목표를 향해 나가야 한다. 아무리 힘들고 어려운 고통이 길을 가로막아도 포기하지 말고 철저하고 꾸준하게 그리고 끝까지 실천에 옮겨야 한다.

'성공의 면류관'은 끝까지 하는 자가 차지하는 법이다.

끝까지 하는 사람은 최악의 상황에서도 포기하지 않는다.
그러나 포기하는 자는 최선의 상황에서도 포기한다.

내 인생의 라이프 가이드Life Guide

존경하는 인물만큼 확실한 내 인생의 가이드는 없다. 그는 이미 성공적인 삶을 살았고, 또한 살고 있어 그가 어떻게 해서 주목받는 인생이 되었는지를 잘 알 수 있기 때문이다.

자신이 이루고 싶은 것을 가장 확실하게 이룰 수 있는 비결은 자신이 존경하는 인물이 했던 대로 따라서 해보는 것이다. 그러다 보면 그들의 생활습관이 몸에 밸 것이다. 좋은 습관은 값비싼 무형의 자산과도 같다.

또한 나아가서는 그들도 미처 경험해보지 못한 것을 통해 새로운 가치에 대해 발견하게 될 것이다. 모든 창조는 모방에서 나오듯, 모든 성공적인 인생 또한 그들보다 앞서서 살았던 사람들의 삶의 모방에서 비롯된다.

자신이 존경하는 사람처럼 성공하고 싶다면 그가 그랬던 것처럼, 신념과 의지로써 따라서 해보라. 그러다 보면 어느 순간 자신도 모르게 존경하는 인물처럼 변해 있는 자신을 발견하게 될 것이다.

자신이 닮고 싶은 사람이 걸어갔던 길을 성실하게 따라가는 것만으로도
충분히 성공의 이정표가 되어 줌으로써 긍정적인 삶을 살게 된다.

서로를 존중하고 존경하는 마음

상대를 존중하는 사람이 그렇지 않은 사람보다 잘 살아간다. 존중함으로써 자신은 존경받기 때문이다. 존경을 받다 보면 늘 좋은 말과 긍정적인 말을 듣게 된다. 이런 말들은 생산적인 에너지를 품고 있어 긍정적으로 자신에게 돌아온다.

그러나 비방은 서로를 죽이는 일이다. 비방 속엔 날카로운 칼보다도 무서운 위험이 도사리고 있다. 이를 조심해야 한다.

지금 우리 사회는 서로 공격하고 비방하는 일에 익숙한 사람들로 연일 매스컴이 뜨겁다. 서로 존중할 줄 모르고 오직 비방하는 일에만 열심이다. 이런 상황에서 진정한 소통이란 없다. 우리 사회가 성숙한 사회가 되고 내가 성숙한 인물이 되기 위해서는 서로를 존중하고 존경해야 한다. 그렇게 될 때 지금보다 나은 선진사회가 됨은 물론 자신 또한 품격을 갖춘 자로서 자신이 추구하는 삶을 기쁘게 살아가게 된다.

상대를 존중하는 것은 자신을 존중하는 것과 같다.
상대방 또한 자신이 받았듯이 존중하는 마음으로 대하게 될 것이기 때문이다.

첫 이미지는 소통의 핵이다

첫인상이 사람에게 미치는 영향은 아주 절대적이다. 사람들은 대게 이렇게 말한다.

"그 사람에게 끌린 이유는 바로 첫인상 때문이었지요."

이는 사람에게 첫인상이 미치는 영향이 얼마나 큰지를 함축적으로 말해준다. 인간관계에 있어 남녀관계든, 기업과 소비자 간이든, 스승과 제자 사이든 이미지는 매우 중요하게 작용한다.

지금은 이미지 경쟁 시대다. 스마트폰, 트위터, 페이스북, 인터넷 등 다양한 매체로 인해 개인의 이미지를 얼마든지 부각시킬 수 있다. 어떤 여성은 몸짱으로 뜨기도 하고, 어떤 소년은 기타 연주로 하루아침에 영재로 부각되었다. 자신이 원하는 것을 얻고 싶다면 이미지를 적극 활용하라. 첫 이미지는 소통의 핵이다.

첫 마음, 첫사랑, 첫 만남 등 처음이란 것은 늘 새로움을 준다.
새롭기 때문에 각인된 기억 또한 특별하게 인식 되는 것이다.
첫 이미지 또한 새롭기 때문에 특별하게 다가오고 기억되는 것이다.

인간관계 최적의 비법

인간관계에서 소통은 매우 중요하다. 그것은 마치 삶의 동맥과 같다. 혈관이 막히면 뇌졸중이나 심근경색으로 생명이 위독하듯, 타인과 소통이 이루어지지 않으면 삶이 불행해질 수도 있기 때문이다. 상대방이 자신에게 관심을 갖고 소통하기를 원한다면 먼저 상대방의 마음을 사라. 돈 들이지 않고 쉽게 상대의 마음을 사는 방법은 상대의 기분을 맞춰주는 것이다.

"오늘은 내가 본 당신의 모습 중 가장 멋지군요."

"나는 당신을 보면 언제나 기분이 좋습니다. 당신은 사람을 기분 좋게 하는 매력이 출중하군요."

이런 한마디 말이면 충분히 상대를 자기에게 맞출 수 있다. 사람은 누구나 자신의 기분을 살려주는 이에게 관심을 갖는다. 상대를 기분 좋게 하고, 친절히 대하고, 먼저 배려하고 다가가라. 그것이 소통을 원활하게 하는 최적의 비법이다.

인간의 모든 삶은 인간관계에서 비롯된다.
그러므로 인간관계가 좋으면 인생이 즐겁고 행복해진다.

내 인생을 바꾸는 강철 의지

영국의 시인 R. 브라우닝R. Browning은 말했다.

"위대한 사람들이 도달한 높은 봉우리는 단숨에 도달한 것이 아니라 다른 사람들이 자고 있는 동안 힘들여 노력해서 한 걸음 한 걸음 올라간 것이다."

그렇다. 그 어떤 성공도 저절로 된 것은 없다. 모두가 목표를 정하고 그 목표를 향해 한 걸음 한 걸음 딛고 올라간 끝에 성공한 것이다.

목표를 향해 가다 보면 고난의 산도 만나고 시련의 바다도 만난다. 그것이 인생이다. 그런데 누구는 그대로 주저앉고 또 다른 누구는 죽을 각오로 나아간다. 아무리 힘들어도 절대 포기하지 마라. 강철 의지로 죽을 각오로 행하면 반드시 이룰 수 있다.

강철 의지는 성공을 위한 최선의 조건이다.

같은 조건에서 잘되는 것과 잘 안 되는 것의 차이는
그 일에 대한 성공 의지가 있느냐, 없느냐에 따라 결정된다.

가장 근본적인 삶의 가치

학교를 졸업하면 배움과는 담을 쌓고 지내는 사람들이 많다. 그러나 이는 잘못된 태도이다. 진정한 배움은 평생을 하는 것이다.

요즘은 평생교육 이념에 따라 배움을 주는 곳이 많다. 틈틈이 배움을 가져야 한다. 왜냐하면 많으면 많을수록 좋은 게 '앎'이기 때문이다. 모르는 것을 알아가는 재미는 매우 유쾌하고 마음을 살찌게 한다.

퇴계 이황은 배우기에 힘쓰라고 권면하며 평생을 가르치는 일에 헌신했다. 배움을 높이 평가하고 귀히 여긴 까닭이다. 배움에 대한 적극적인 마인드가 인생을 풍요롭게 한다. 나이가 많고 적음을 생각지 말고 배워야 한다.

배움은 가장 근본적인 삶의 가치이다.

**배움은 그 누구에게도 문을 열어준다. 배우겠다는 마음만 갖는다면
배움은 언제든지 웃으며 기꺼이 맞아준다.**

아름답고 행복한 인생

"누군가에게 생애 최고의 날을 만들어주는 것은 그리 힘든 일이 아니다. 전화 한 통, 감사의 쪽지, 몇 마디의 칭찬과 격려만으로 충분한 일이다." 베스트셀러《영혼을 위한 닭고기 수프》의 공동 저자인 댄 클라크Dan Clark가 한 말이다.

"다른 사람을 행복하게 할 때 행복은 비로소 나에게 찾아온다."

이는 그레타 팔머Greta Palmer의 말이다.

댄 클라크와 그레타 팔머의 말의 요지는 무엇인가?

그것은 남을 위해 사는 것이 곧 내가 잘되는 일이라는 것이다. 즉 남을 잘되게 하면 긍정적인 에너지가 발동하여 자신은 더욱 잘된다는 것이다. 그런데 여기서 한 가지 생각할 것은 누군가를 위해 의미 있는 일을 하는 것은 거창한 일이 아니라는 것이다. 아주 소소한 일도 상대에게는 의미를 줄 수 있다. 이를 실천할 수만 있다면 자신도 상대도 모두가 행복하게 살아갈 수 있다. 역사는 우리에게 수많은 사례를 통해 이를 증명해 주고 있다.

상대를 기쁘게 하는 일은 곧 나를 행복하게 하는 일이다. 의미 있는 일들이 나와 너의
상관관계 속에서 더욱 빛나는 것은 인간은 상호의존적인 존재이기 때문이다.

오늘을 잘 살아가기

"날마다 오늘이 그대의 마지막 날이라고 생각하라. 날마다 오늘이 그
대의 첫날이라고 생각하라."

이는 《탈무드》에 나오는 말이다. 이 말이 의미하는 것은 '오늘'의 소중
함이다. 즉 오늘을 마지막 날처럼, 첫날처럼 여겨 허투루 살지 말라는
것이다. 유대인들은 어린 시절부터 이 글을 마음에 새겨 최선을 다한
다. 그 결과 세계에서 최고의 민족으로 살아가고 있다.

"결코 시계를 보지 마라. 이것이 젊은이들에게 하고 싶은 나의 충고다."

이는 토마스 에디슨Thomas A. Edison이 한 말인데, 시계를 보지 말라는 것
은 그만큼 열심히 살라는 의미이다. 그랬기에 에디슨은 천 가지가 넘
는 발명품을 발명할 수 있었다. 지금 우리가 편리하게 사용하는 대부분
의 발명품은 그가 발명한 것이며 또 그것을 토대로 하여 더욱 발전시킨
것들이다. 한 사람이 이룬 일이 이처럼 오늘을 사는 이들에게 위대한 유
산이 될 줄은 에디슨 자신도 몰랐을 것이다. 오늘은 두 번 다시 오지 않
는다. 최선을 다해 오늘을 멋지게 살아가라.

오늘이 즐거운 사람은 내일도 즐겁게 살아갈 수 있다.
왜 그럴까. 오늘을 즐거워해봤기 때문이다.

라이프 골드 타임Life Gold Time

장거리 여행을 할 때 자동차도 틈틈이 쉬게 해야 한다. 기계나 자동차
도 쉬게 해야 뒤탈이 없듯 사람 또한 때가 되면 쉬어야 한다. 사람의 몸
은 생리적으로 잘 때 자고 쉴 때 쉬게 해주어야 한다. 그러지 않으면 자
동차 엔진이 과열을 일으키는 것처럼 몸에 치명상을 줄 수 있다.

그렇다면 어떻게 휴식을 취해야 할까.

휴식할 땐 철저하게 휴식하여 몸과 마음에 쌓인 피로의 노폐물을 말끔
히 씻어내야 한다. 여기서 확실히 할 게 있다. 휴식은 그냥 먹고 노는
것이 아니라는 것이다. 대개의 사람들은 이를 당연한 것으로 안다. 그
래서 배가 부르도록 먹고 마시고 시간을 보낸다. 그러다 보니 휴가철
이 끝나면 한동안 휴가피로에 시달린다.

휴식은 삶을 재충전하는 회복의 시간이다. 즉 몸과 마음에 새로운 에
너지를 갈아주고 일 보 전진을 위한 에너지를 축적하는 '라이프 골드
타임Life Gold Time'이다

휴식을 취할 때 모든 걸 잊고 오직 휴식하는 일에만 몰두하라.
이것이 생산적이고 창의적인 휴식법이다.

소통의 다이아몬드

사람은 살아가면서 자의에 의해서는 타의에 의해서는 혹은 여타의 일로 인해 많은 사람을 만나게 된다. 사람과 사람이 만나는 것은 인연이 작용하기 때문인데 '나와 너', '너와 나'는 인연의 끈이 깊이 작용할 때만이 맺어지는 소중한 일인 것이다. 이렇게 해서 맺어진 인연을 소중하게 여기면 서로에게 좋은 에너지가 작동하게 된다. 그래서 서로를 잘되게 하고, 아름다운 관계를 이어나간다.

인연은 인간관계를 이끌어주는 '소통의 다이아몬드'이다. 그래서 인연을 소중히 하는 사람이 잘되는 확률이 높다. 인연을 소중히 여기는 자에게 삶은 아낌없는 사랑을 선물한다.

이처럼 사람은 혼자서는 살 수 없는 존재다. 하나님께서는 인류를 창조할 당시 더불어 살아가도록 했다. 더불어 살아간다는 것은 타인과 함께하려는 진정성 있는 마음이 있을 때만이 가능하다. 그만큼 더불어 살아간다는 것은 아름답고 소중한 일이다.

내가 만나는 사람과 아름다운 인간관계를 이어가는 것,
그것이 자신을 잘되게 하는 가장 기본적이고도 가장 최상의 삶의 법칙이다.

성공의 가치와 성공의 대가

정도에서 벗어나는 것은 자신의 삶에 치명적인 오류를 불러온다. 하지만 자신의 뜻을 이루기 위해 간과 쓸개를 빼주는 것은 일종의 처세술이다. 성공한 사람들 중에 이런 마인드를 가진 사람이 의외로 많다.

그런데 그들은 성공 뒤에 반드시 자신이 받은 것 중 일부를 사회에 되돌려 주었다. 그러나 반면에 자신의 것을 자신만의 것이라고 여기는 사람들이 대부분이다. 물론 자신이 이룬 것이니 당연하다는 생각이다.

하지만 이런 마인드는 진정한 성공의 가치와는 거리감이 있다. 모든 성공 뒤에는 성공하는 데 있어 배경이 되어준 것들이 있다. 이것을 잊어서는 안 될 것이다.

성공한 사람들은 늘 공부하고, 실패를 두려워하지 않았으며, 길이 아니면 가지 않았다. 또한 확고한 신념과 자신만의 아이디어를 갖고 있었다. 어떤 성공도 그냥 이루어지는 것은 없다. 거기에는 그만한 대가가 주어져야 한다. 모든 성공은 성공의 대가를 치루고 얻어낸 결과물인 것이다.

자신만을 위한 성공은 온전한 성공이라고 할 수 없다.
자신의 성공 일부를 사회를 위해 내놓을 때 온전한 성공이라고 할 수 있다.

자신의 삶 앞에 진실하기

'진정성 있는 사람과 허위로 가득 찬 사람 중 어느 쪽을 택할 것인가'
하고 묻는다면 물음 자체가 상대방을 조롱하는 소리로 들릴 것이다.
이는 막 걸음마를 배운 아가들도 아는 빤한 사실이기 때문이다. 남자
들이 가진 못된 습성 중 하나가 허세다. 이따위 썩어빠진 허세는 개를
줘도 거들떠보지 않는다.

또한 여자가 가진 못된 습성 중 하나가 허영심이다. 이 허영심을 누르
지 못해 하나뿐인 인생을 완전히 불행으로 만든 여자들이 사회를 혼
탁하게 만들어 버린다. 이는 자신에게나 가족에게나 친구들에게나 주
변 사람들에게 피해를 주는 일이다. 이런 생활에서 하루 빨리 벗어나
야 한다.

인생을 헛되이 보내지 않으려면 오늘 죽는다고 해도 자신의 삶에게 진
실해야 한다. 진실 끝엔 낙이 오지만 허위 끝엔 참혹한 아픔만 남게 될
것이다.

자신에게 진실한 사람은 어떤 상황에서도 진정성을 잃지 않는다.
진정성은 진실한 사람에겐 심장과 같기 때문이다.

주는 행복 받는 행복

모든 결과는 자기가 심은 대로 나타나는 법이다. 콩을 심으면 콩을 수확하고, 팥을 심으면 팥을 수확하는 것과 같은 이치다.

남에게 대접받고 사는 사람들을 보면 그들이 먼저 상대방을 대접했다는 걸 알 수 있다. 남을 대접하는 행위는 따뜻한 관심을 표명하는 것이다. 자신에게 따뜻한 관심을 주는 사람을 좋아하지 않을 수 없는 게 사람의 마음이다. 그래서 대접을 받은 사람은 존경과 애정을 얹어 자신이 받은 사랑을 되돌려준다.

행복은 받는 것에도 있지만 남에게 줄 땐 행복감이 더 크다. 더 큰 행복을 누리고, 더 큰 삶의 기쁨을 느끼며 살고 싶다면 인정을 베푸는 삶을 살아야 한다. 남에게 대접하는 대로 받는 게 행복의 법칙이다.

행복해지고 싶거든 행복을 많이 베풀어라.
베푸는 대로 돌아오되 자신이 준 것보다
더 크게 돌아오는 것이 행복의 속성이다.

낙관론자가 되어야 하는 이유

"낙관론자는 꿈이 이뤄질 거라고 믿고, 비관론자는 나쁜 꿈이 이뤄질 거라고 믿는다."

창조적인 사고와 효율적인 학습 및 리더십 계발 분야의 세계적인 전문가이자 《변화를 위한 사고》, 《레오나르도 다빈치처럼 생각하기》의 저자인 마이클 J. 겔브Michael J. Gelb가 한 말이다.

사람은 누구나 때때로 흔들리며 산다. 고난에 흔들리고, 실패에 흔들리고, 시련에 흔들리고, 가난에 흔들리고, 사랑에 흔들리고 여러 가지 이유로 해서 거듭 흔들리면서 사는 게 인생이다.

그런데 낙관론자는 흔들리는 것을 두려워하지 않는다. 낙관적인 생각이 불안감을 마음으로부터 몰아내기 때문이다. 그러나 비관론자는 흔들림의 두려움에 빠져 충분히 극복할 수 있는 것도 하지 못한다. 그러다 보니 흔들림의 공포를 극복하지 못하고 실패한 인생으로 끝나게 된다. 꽃은 흔들리면서도 결코 쓰러지지 않는다. 폭풍을 견뎌내서라도 기어코 꽃을 피운다. 흔들림을 이겨내라. 흔들리면서 사는 게 인생이다.

어떻게 생각하느냐에 따라 같은 문제도 극과 극으로 나타난다.
낙관론자가 될 것인가 비관론자가 될 것인가는 오직 자신의 선택에 달려있다.

내가 나에게 주는 행복

남이 주는 행복은 일시적이지만 내가 나에게 주는 행복은 오래간다. 뿐만 아니라 행복의 마법을 부리는 여유를 통해 삶을 좀 더 긍정적으로 살아가게 된다.

행복은 행복해지고자 하는 자에게 자신의 모든 것을 선물한다. 그러나 행복해지려는 의지가 약한 자에게는 가까이 다가가지 않으려고 한다. 행복해지려는 자로서의 마음가짐이 되지 않았기 때문이다.

행복한 내가 되느냐 아니냐는 오직 자신에게 달린 인생의 과제이다. 이런 평범한 진실을 외면한 채 남에게서 행복을 구하려고 하지 마라. 그것은 스스로를 치졸하고 비루하게 할 뿐 아무것도 아니다. 왜냐하면 남이 행복을 줄 땐 그것처럼 좋은 것도 없으나, 외면할 땐 그것처럼 비감한 일도 없기 때문이다.

행복을 남에게서 받으려고 하지 말라.
내가 나에게 주는 행복이 오래가고 행복의 기쁨도 더 큰 법이다.

친절한 사람은 그 자체가 곧 자산이다

친절은 사람을 감동하게 하는 최선의 요소이다. 그래서 친절한 사람은 사람들을 감동하게 한다. 성공적인 삶을 살았던 사람들이나 살고 있는 사람들 중엔 친절한 사람들이 많다. 친절한 사람은 사람들에게 친밀감을 주고, 그 친밀감은 인간관계를 극대화하기 때문이다. 인간관계를 극대화하는 것이야말로 성공으로 이끄는 비결이다.

생각해보라. 친절한 사람과 불친절한 사람 중 누가 더 관심이 가는지를. 친절은 돈으로 살 수 없고, 권력으로도 살 수 없다. 오직 친절하게 말하고 친절하게 행동함으로써 살 수 있는 것이다.

친절은 사람과 사람 사이를 부드럽게 이어주는 '소통의 꽃'이다. 무조건 친절하라. 친절은 무형의 자산이다.

사람들이 친절한 사람을 좋아하는 것은 친절한 사람은 보기만 해도
기분을 좋게 하기 때문이다. 친절은 인간관계에서
반드시 갖춰야 할 마인드이다. 친절은 무형의 자산과도 같다.

진실로 위대한 사랑의 힘

"사랑할 수 있다는 것은 모든 것을 할 수 있다는 것이다."

이는 19세기말 러시아 사실주의를 대표하는 단편 소설가이자 극작가인 안톤 체호프Anton Chekhov가 한 말이다.

이 말에서도 알 수 있듯 사랑은 모든 것을 가능하게 하는 강한 에너지를 갖고 있다. 참혹한 시련과 고통 속에서도 사랑만 있으면 능히 헤쳐 나가게 되고, 죽음 앞에서도 사랑하는 이를 지키려고 온몸으로 막아낸다.

사랑은 세상을 바꾸는 힘이다. 위기에 처한 나라도 부조리한 사회도 국민들이 사랑으로 하나가 되면 극복할 수 있질 않은가. 사랑의 힘은 진실로 위대하다.

그러나 사랑을 가볍게 여기고 함부로 한다면 사랑은 그런 사람을, 그런 사회를 결코 용납하지 않는다. 저마다의 인생에서 홀로인 하나가 만나 둘이 하나가 되는 사랑의 조화로움, 행복하게 살고 싶다면 서로를 이해하고 배려하며 아낌없이 사랑해야 한다.

사랑에 불가능이란 없다. 사랑이 모든 것을 가능하게 하는 것은
사랑은 위대한 능력의 산물이기 때문이다.

자신의 인생에 만족하는 삶

"내가 인생을 다시 한 번 걷게 된다면 나의 제2의 인생은 제1의 인생과 별 차이가 없을 것이다."

다시 태어나도 처음의 삶처럼 살겠다는 윈스턴 처칠Winston Churchil의 말 속엔 그가 매우 만족한 인생을 살았다는 것을 잘 알 수 있다. 자신의 인생에게 만족한다는 것은 그만큼 부끄러움 없이 살았다는 것을 말하는데 그렇게 살기란 쉽지 않다.

처칠은 영국 귀족 가문에서 태어났지만 공부는 썩 잘하지 못했다. 하지만 그는 정직하고, 친구들과의 사이가 좋았으며, 책을 즐겨 읽고, 리더십이 뛰어났다.

처칠은 삼 수만에 영국 육군사관학교에 들어갔지만, 자신의 리더십을 발휘하는 등 누구보다도 학교생활을 성실히 해냈다. 학교를 마친 그는 제2차 세계대전이 일어나자 전쟁에 참여했으며, 전쟁이 끝난 후 국회의원이 되었다. 처칠은 뛰어난 의정활동을 펼치며 사람들에게 깊은 인상을 심어주었다. 그는 수상에 출마하여 당선되었으며, 국민들에게 신임을 얻고 또다시 수상에 당선되는 영예를 누렸다. 그는 세계의 자유와 평화를 위해 헌신함으로써 세계적인 정치가로 이름을 떨쳤다.

처칠은 회고록《제2차 세계대전The Second World War》을 펴냈는데, 이 책으로 노벨문학상을 수상했다.

한 인간으로 볼 때 처칠은 인간 승리의 삶을 살았다. 그랬기에 그는 자신의 삶에 만족할 수 있었다. 어떤 삶을 살든 자신의 삶에 만족하는 삶이야말로 가장 성공적인 삶이라고 할 수 있다.

자신의 삶에 만족한 인생은 성공했다고 봐도 좋다.
성공한 사람은 대체적으로 자신의 삶에 만족하기 때문이다

처음 마음으로 살아가기

눈이 온 세상을 하얗게 뒤덮었을 때는 그야말로 동심의 세계가 펼쳐진다. 동화의 나라, 꿈의 나라가 따로 없다. 그러나 시간이 지나고 눈이 녹으면서 군데군데 땅이 드러나면 더 이상의 동심의 세계는 없다. 동심도 사라지고 들뜸도 사라지고 만다. 삶도 이와 같다. 처음 직장생활을 시작할 땐 설레고 한껏 들뜨게 된다. 열정과 정성을 다 바칠 각오로 일한다.

하지만 시간이 흐르면서 그 마음도 서서히 꼬리를 감추는 연기처럼 사라지고 만다. 그리고 타성에 젖어 긴장감도 떨어지고, 대충대충 하려고 한다. 그저 적당히 하고 월급만 받으려고 한다. 이것은 자신의 잠재된 능력을 죽이는 일이다. 아무리 좋은 재능도 묵히면 빛을 발할 수 없다. 좀 더 의미 있는 자신의 삶을 살고 싶다면 초심으로 돌아가 늘 처음 마음으로 살아야 한다. 그렇게 될 때 자신이 바라는 것을 손에 쥐게 된다. 세상은 열심히 하는 자에게 더 많은 기회를 주고 좋은 것으로 갚아준다.

처음 마음을 잃지 않는 것은 본성을 잃지 않은 것과 같다.

해서 행복한 일

일은 즐겁게 하면 그냥 하는 것보다 몇 배의 능률이 오른다. 즐거움은
사람의 마음을 능동적으로 바꾸어 놓아 일의 진행 속도를 빠르게 만든
다. 또한 힘든 일도 가뿐하게 처리하도록 에너지를 북돋워준다.
자신이 해서 행복한 일은 더더욱 그러하다. 자신이 하고 싶은 일은 힘
들어도 즐겁고 밤을 새워가며 일해도 피곤하지가 않다.
왜 그럴까?
자신이 해서 행복한 일은 사명과도 같기 때문이다. 그래서 많은 돈을
벌지 못해도 그 일을 목숨처럼 아끼며 하게 되는 것이다. 해서 행복한
일을 하라. 그것이야말로 자신을 스스로 축복하는 일임을 명심하고 또
명심하라.

자신이 하고 싶은 일은 그 무엇이라 할지라도 즐겁다.
그것은 자신의 분신과도 같기 때문이다.

이순신 장군과 신립 장군

승자와 패자의 가장 확실한 차이점은 '긍정'과 '부정'에 있다. 승자는 매사를 긍정적으로 생각한다. 아무리 불가능한 일도 긍정의 눈으로 바라본다. 그러나 패자는 매사를 부정적으로 생각한다. 충분히 할 수 있는 것도 부정의 눈으로 바라본다. 이처럼 긍정과 부정은 엄청난 결과를 가져온다.

이순신 장군이 왜군과의 전쟁에서 전승을 거둘 수 있었던 것은 모든 것을 긍정의 눈으로 바라보고 나아갔기 때문이다. 이순신 장군은 최악의 순간에도 긍정의 힘을 잃지 않았다. 이순신 장군은 눈을 밟아 길을 만드는 스타일이다. 눈이 녹기를 기다린다는 것은 패배를 부르는 부정적인 마인드라는 걸 너무도 잘 알았던 명장 중에 명장이었다.

하지만 신립 장군은 탄금대에서 배수진을 치고 왜군을 맞았다. 이는 매우 잘못된 선택이었다. 왜군이 들어오길 기다리지 말고 적극적으로 공격을 했더라면 처절하게 패배하는 불충은 저지르지 않았을 것이다.

이순신 장군은 눈을 밟으며 길을 만든 승자였고, 신립 장군은 눈이 녹기를 기다린 패자였던 것이다. 이 점이 이순신 장군과 신립 장군의 극명한 차이다. 꿈을 이루기 위해 많은 어려움을 겪게 된다. 어려움에 처하더라도 적극 대처하는 것이 어려움을 극복해내는 가장 좋은 방법임을 잊지 말고 실천하라.

자신이 잘되고 싶다면
매사를 긍정적으로 생각하고
긍정적으로 행동하라.
긍정은 창의적이고
생산적인 에너지를 분출시키는
원동력의 샘물이다.

일관성 있는 태도를 지니기

하버드 대학 교수이자 행복학 강연자인 탈 벤 샤하르Tal Ben Shahar는 자신의 저서《하버드대 52주 행복연습》에서 다음과 같이 말했다.

"한결같음이란 '하나로 통합된 상태 또는 나뉘지 않은 상태'로 정의된다. 믿고 있는 것과 행동하는 것 사이에 갈등이나 차이가 없는 사람, 말과 행동 사이에 일관성이 있는 사람을 한결같다고 말할 수 있다."

탈 벤 샤하르의 말이 의미하는 것은 시류에 휩쓸리지 않고 일관성 있는 자세를 유지하라는 것이다. 언행이 일치되는 사람은 그 어떤 상황에서도 결코 흔들리지 않고 자신이 원하는 것을 추구한다.

특히 직장생활이며 사회생활에 있어 바른 주관을 갖는 연습이 필요하다. 자칫 잘못하면 자신의 의지와는 상관없이 눈에 보이는 것을 따라가는 수가 있다. 그것이 때론 자신을 망치게 한다는 것을 알아야 한다. 자신이 무언가를 확실히 얻고 싶다면, 현실을 직시하고 일관성 있는 태도로 실천하라.

마음의 중심이 바른 사람은 어떤 상황에도 흔들리지 않고,
언제나 일관성 있게 자신이 추구하는 것을 실행해 나간다.
그러나 마음의 중심이 바르지 않는 사람은 작은 흔들림에도
우왕좌왕하며 갈피를 잡지 못한다.

시간은 정직한 에고이스트다

할 일을 두고도 미루는 사람들이 있다. 그런 사람들은 지금 못하면 내일
하면 되고, 내일 못하면 그 다음 날 하면 된다는 심리로 가득 차 있다. 미
루는 것은 나쁜 버릇이다. 미루는 만큼 마이너스 인생을 사는 것이다.
고대 그리스 시인 호라티우스Horatius는 말했다.

"오늘을 마지막인 듯이 살아라."

그렇다. 오늘은 지나가면 더 이상 오늘이 아니다. 이미 과거이다. 그런
데도 시간을 낭비한다면 남보다 잘되어야겠다는 꿈을 버려라. 자신이
시간을 허비하는 동안 자신의 경쟁자는 땀을 흘리며 시간과 씨름을 한
다는 것을 명심하라. 시간은 정직한 에고이스트다. 시간을 아낌없이 사
랑하라.

시간을 잘 쓰는 사람이 꿈을 이룰 수 있는 확률이 높다.
꿈을 이루고 싶다면 시간 사용법을 잘 활용해야 한다.

남과 다르게 보는 눈을 기르기

사람에게는 같은 것도 다르게 보는 눈이 있다. 이를 '관점의 차이'라고 말한다. 이런 차이는 왜 생기는 걸까. 그것은 인간은 생각하는 동물이기 때문이다. 그래서 같은 것도 보는 관점에 따라 다르게 생각하는 것이다.

가난한 이혼녀에 정부보조금으로 사는 여자가 있었다. 그녀에겐 어린 딸이 있어 장래를 위해서라도 무언가를 해야만 했다. 그녀는 오랫동안 구상했던 것을 쓰기로 하고 동네에 있는 카페에서 글을 썼다. 원고지가 한 장두 장 쌓일 때마다 그녀의 꿈도 부풀었다. 오랜 시간이 지난 뒤 마침내 동화 같은 소설이 완성되었다. 그녀는 부푼 마음으로 여러 출판사에 원고를 보냈지만 모두 다 퇴짜를 맞았다. 하지만 그녀는 포기할 수 없었다.

그런데 블룸스베리라는 출판사에서 책을 내겠다며 계약을 하자고 했다. 그녀는 꿈만 같았다. 책은 날개 돋친 듯이 팔렸다. 그리고 영화로도 만들어져 전 세계에서 돌풍을 일으켰다. 그녀는 수십 억 달러가 넘는 부자가 되었으며 세계적인 작가가 되었다. 그녀는 《해리포터》의 작가인 조앤 K. 롤링 Joan K. Rowling이다.

여기서 중요한 사실은 다른 출판사들은 그녀의 작품을 보는 눈이 없었지만 블룸스베리 출판사는 성공할 수 있다고 본 것이다. 이와 마찬가지로 자신의 꿈을 이루고 싶다면 남들이 'NO'라고 할 때 긍정적으로 보는 눈을 가져야 한다. 그러면 원하는 것을 얻게 될 것이다.

남보다 나은 인생이 되기 위해서는 남과 다르게 보는 눈을 길러야 한다.
남과 다른 눈은 자신만의 강력한 무기이자 능력이다.

감동을 주는 인생 감동이 있는 삶

감동을 주는 사람이 되어야 한다. 감동은 나와 너, 나와 우리의 관계를 보다 더 원활하게 이어주는 매개체이다. 그래서 감동을 주는 사람이 더 큰 행복을 느끼고, 더 깊은 인간관계를 유지함으로써 좋은 이미지를 심어주고 더 나은 삶을 살아간다.

그런데 안타깝게도 우리 사회에 감동이 점점 사라지고 있다. 타인과 사회에 대한 지나친 무관심으로 인한 결과이다. 무관심은 정서를 메마르게 하는 주범이다. 타인과 사회에 대해 관심을 갖게 된다면 감동 있는 삶을 살게 될 것이다.

감동을 주는 사람이 되어, 감동이 있는 삶을 사는 그대가 되어라.

감동이 있는 삶은 행복과 즐거움이 넘친다.
감동은 사람의 마음을 가장 순수하게 만드는 동심의 꽃이다.

인생은 지금이 중요하다

살아가다 보면 겪지 않았으면 하는 일들이 있다. 실패, 좌절, 절망, 슬픔 같은 일들이다. 그러나 이것은 인간의 삶에서 어쩔 수 없이 겪게 되는 일들이다. 이럴 때 우매한 자는 과거에 매달려 징징거린다. 극단적인 사람은 자신을 포기하기도 한다. 이는 바람직하지 못한 자세다. 바람직한 삶을 살기 위해서는 잊는 기술에 익숙해야 한다.

그렇다면 현명한 자는 어떨까?

현명한 자는 과거에 집착하지 않는다. 더구나 불행한 과거라면 더더욱 집착하지 않는다. 그래봐야 좋을 게 하나도 없다는 걸 알기 때문이다. 그렇다고 해서 모두를 다 잊으라는 건 아니다. 좋은 기억은 생산적인 에너지를 주므로 얼마든지 기억해도 좋다.

과거는 흘러가버린 강물과 같다. 한 번 흘러간 강물은 되돌릴 수 없다. 특히 불행했던 과거에 기대 시간을 쏟지 마라. 현재가 중요하며, 늘 미래를 생각하라.

지금이 행복하고 지금이 즐거워야 한다.
내일 어떻게 될지도 모르는 게 인생이다.
지금은 인생에 있어 가장 중요한 황금기와도 같다.

자신의 얼굴에 책임지기

링컨은 나이 마흔이면 자신의 얼굴에 책임을 지라고 했다. 이런 책임이 어디 마흔의 나이에만 해당되겠는가. 책임지는 일은 10대든, 20대든, 30대든, 40대든 나이를 가리지 않는다. 책임질 일이 있다면 당연히 책임을 져야 한다. 그것이 옳은 삶의 자세이다.

지금 우리 사회에서는 책임지지 않으려는 사람들이 연일 뉴스를 장식한다. 부정으로 얼룩진 국회의원, 뇌물을 받은 부도덕한 공무원, 비리에 눈이 먼 사람들에 대해 연일 말대포를 쏘아댄다. 그러나 당사자들은 눈도 하나 깜빡 안 한다. 뻔뻔스럽기가 하늘을 찌른다. 어떻게 그런 위인들에게 나랏일을 맡길 수 있단 말인가.

자신이 맡은 일에 책임지지 못하는 사람에게는 두 번 다시 그 어떤 일도 맡기지 말아야 한다. 그것은 고양이에게 생선을 맡기는 것과 같다. 책임을 다하는 사람이 되어야 한다.

자신을 책임질 줄 아는 사람이 되어야 한다.
자신을 책임질 줄 아는 사람은 어떤 일을 맡겨도 책임을 다하려는 마음이 강하지만,
자신을 책임질 줄 모르는 사람은 그 어떤 것에도 책임과는 거리가 멀다.

칭찬의 마법

영국 격언에 이런 말이 있다.

"바보도 칭찬을 하면 천재로 만들 수 있다."

그렇다. 칭찬의 힘은 참으로 대단해서 바보를 천재로 만들고, 무능력한 사람을 능력자로 만든다.

칭찬은 사람의 마음을 사로잡는 매직이다. 칭찬의 마법에 빠진 사람들 중엔 자신이 생각조차 하지 못했던 결과를 이룬 경우가 많다. 아인슈타인Albert Einstein, 조지 워싱턴George Washington, 엔리코 카루소Enrico Caruso, 안드레아 보첼리Andrea Bocelli 등 실로 그 수를 셀 수 없을 정도다.

칭찬은 위대한 능력의 샘물이다. 칭찬은 용기를 갖게 한다. 칭찬은 희망을 품게 한다. 칭찬은 자신감을 길러준다. 칭찬은 사랑하는 마음에서 온다. 칭찬하라. 칭찬하는 자에게 복이 있다.

상대를 격려하고 기분을 끌어올리는 칭찬,
칭찬은 가장 효율적이고 경제적이며 생산적인 라이프 에너지이다.

상상한 대로 실천하기

세계적인 호텔로 유명한 힐튼호텔의 창업주인 콘라드 힐튼Conrad Hilton은 가난한 소년시절을 보냈다. 어른이 된 그는 호텔 벨보이가 되었다. 그는 비록 고객의 잔심부름을 하는 일을 했지만 꿈이 있었다. 그의 꿈은 세계에서 가장 크고 좋은 호텔을 갖는 것이었다. 그는 이런 자신의 꿈을 종이에 적어 미국에서 가장 큰 호텔 사진과 같이 책상 위에 붙여놓고는 수시로 바라보며 꿈을 키워나갔다. 성공한 자신을 상상하는 것만으로도 그는 행복했다.

힐튼은 자신을 게을리하는 것을 스스로 용납하지 않았다. 게으름은 자신의 꿈을 가로막는 나쁜 적으로 간주한 것이다. 그는 동료들이 게으름을 피우고 놀 때조차 한시도 멈추는 법이 없었다. 그의 성실한 모습은 사람들에게 좋은 인상을 심어주었다.

그렇게 열심히 한 길로 달려간 끝에 그는 모오블리라는 사람이 경영하던 호텔을 인수할 수 있었다. 벨보이던 그가 호텔의 사장이 됐다는 것은 그에겐 기적과도 같은 일이었다. 그는 거기에 머무르지 않고, 최상의 서비스로 고객들에게 최선을 다하자 호텔 수익은 날로 증가했다. 그는 자신이 상상하는 대로 호텔을 하나씩 늘려나갔다. 그리고 마침내 전 세계에 250여 개의 호텔을 갖게 되었다.

상상의 힘은 참 놀랍다. 상상의 힘이 호텔 벨보이던 힐튼을 호텔왕이 되게 한 것처럼 자신이 상상한 대로 실천한다면 상상을 현실로 만들게 될 것이다.

상상하고
실천하지 않으면
그림의 떡과 같지만,
꾸준히
실천할 수 있다면
그것은
현실이 되어
나타난다.

스스로에게 강한 확신을 심어주기

최후의 승자는 끝까지 최선을 다하는 사람이다. 끝까지 포기하지 않으면 결실을 맺을 수 있기 때문이다. 끝까지 하는 힘은 승자가 반드시 가져야 할 조건이다. 하지만 도중에 포기한 사람치고 좋은 결과를 낸 사람은 그 어디에도 없다. 포기하는 순간 모든 것은 물거품이 되고 만다. 끝까지 하는 힘은 가장 기본적이고 가장 확실한 성공의 비결이다.

끝까지 하는 힘을 기르기 위해서는 어떻게 해야 할까.

첫째, 실패를 하더라도 포기하지 말고 나아가라. 둘째, 자신감을 갖고 끝까지 맞서야 한다. 셋째, 내가 아니면 할 사람이 없다고 스스로를 격려하라. 넷째, 성공한 자신의 모습을 상상하라.

이 네 가지를 마음에 새겨 실행한다면 그 어떤 일도 끝까지 해내게 된다. 하지만 이를 실천하지 못한다면 아무리 좋은 여건 속에서도 무너지고 만다. 나폴레옹Napoleon이 "나의 사전에는 불가능이란 없다."고 말한 것은 어떤 상황에서도 끝까지 해내겠다는 스스로의 다짐이다. 그가 세계의 영웅으로 불리며 후세 사람들에게 깊은 감명을 주는 것은 자신의 말대로 실천했기 때문이다. 이처럼 스스로에게 강한 확신을 심어준다면 끝까지 해냄으로써 반드시 좋은 결과를 얻게 될 것이다.

무슨 일을 하는 데 있어
일이 잘 될 수 있다는
확신을 갖는 것이 중요하다.
확신은 스스로를
강하게 끌어올리는
가장 확실한
성공의 동력이다.

인생의 그릇을 채우는 지혜

사람은 저마다 자신의 인생을 살아간다. 그런데 어떤 사람은 자신이 원하는 삶을 사는데, 또 다른 사람은 자신이 원하는 삶을 살지 못한다. 이는 무엇 때문인가. 그것은 인생의 그릇의 크기가 다르기 때문이다.

자신이 원하는 삶을 사는 사람은 자신의 인생의 그릇의 크기를 채우기 위해 부단한 노력을 기울인다. 그렇게 하지 않으면 자신의 인생의 그릇을 채울 수 없기 때문이다. 그러나 자신이 원하는 삶을 살지 못하는 사람은 자신의 인생의 그릇을 채우기 위해 그만큼의 노력을 하지 않는다. 노력하지 않으면 절대 자신의 인생의 그릇을 채울 수 없다.

삶은 그 어떤 것도 거저 주지 않는다. 자기가 공을 들인 꼭 그만큼만 준다. 자신이 원하는 삶을 살고 싶다면 최소한 자신이 원하는 만큼 노력을 들여야 한다. 그것이 자신에게도 떳떳하고, 다른 사람들에게도 자신의 가치를 당당하게 인식시키는 최선의 방법이다.

자신이 하는 만큼 받는 게 인생의 법칙이다.
자신이 받고 싶은 만큼 노력을 투자하라.

꿈을 이루게 하는 담대한 마음

무슨 일을 하는 데 주저하지 않고 소신 있게 할 수 있는 마음만 있다면 얼마든지 원하는 일을 할 수 있다. 특히, 남들이 주저하는 일을 해낼 수 있는 마음은 담대함이 있어야만 가능하다.

일제 강점기 때 이토 히로부미를 저격한 우리 민족의 위대한 영웅, 안중근 의사를 보자. 그가 일제의 온갖 고문과 악행에도 굴하지 않고 당당하게 죽음을 받아들인 것은 담대한 마음이 있기에 할 수 있었다. 담대한 마음은 아무도 할 수 없는 일이나, 최악의 상황에서도 포기하지 않고 자신의 뜻대로 시도하는 마음이다.

베이실 킹Basil king은 담대한 마음을 가지면 누군가가 도와준다고 했다. 이말이 의미하는 것은 담대하게 행하면 엄청난 에너지가 뿜어져 나온다는 뜻이다. 담대한 마음은 긍정의 에너지를 최대화한다. 이 엄청난 에너지가 스스로를 강하게 만들고 패배의 두려움을 없애준다는 것이다. 또한 더불어 하나님도 도와주시고, 주변에서 도움의 손길을 내밀어 끌어주고 밀어준다. 열심히 노력하는 사람은 타인에게 좋은 이미지를 주기 때문이다.

담대한 마음은 최선의 마음이며, 나아가 자신의 꿈을 실현시키는 성공의 마음이다.

의지가 강한 사람은 무엇을 하더라도 잘 해낼 수 있다.
강한 의지는 불가능도 가능하게 하는 마스터키이다.

순리를 따르는 자연의 법칙

자연은 순리를 거스르는 적이 없다. 언제나 자연의 법칙을 따라 흘러간다. 봄이 오면 여름이 오고, 여름이 오면 가을이 온다. 가을이 지나면 겨울이 오고, 겨울이 지나면 또 다시 파릇파릇한 봄이 온다.

이 자연의 법칙을 벗어나게 되는 순간 지구는 사라지고 만다. 순리를 벗어나는 것은 멸망 그 자체다. 순리를 벗어나면 질서가 파괴되기 때문이다. 이는 인간들 세계에도 마찬가지로 적용된다. 노력을 많이 하면 많이 받고, 적게 하면 적게 받는다. 이것이 원칙이다.

그런데 이 원칙을 무시하고 노력을 적게 하고 많이 받으려고 한다면 그것은 매우 잘못된 생각이다. 그래서 이런 생각의 지배를 받다보면 요행을 바라게 된다. 그래서 부당하게 편법을 쓰기도 하고, 남에게 상처를 주고, 법을 어기기도 한다.

노력의 대가 없이 받으려고 하는 것은 자연 질서를 무시하는 것과 같다. 왜냐하면 인간의 도리를 어기는 일이기 때문이다. 이것은 죄악이다. 자신이 많은 것을 받고 싶다면 받고 싶은 것만큼 노력하면 된다.

자연이든 인간의 삶에서든 순리를 무시하는 것은 옳지 않다. 그것은 질서를 파괴하는 무서운 결과를 가져올 뿐이다.

원칙을 어기고 억지로 하려다 보면 불상사를 낳게 된다.
순리를 거스르는 것은 원칙을 깨는 부정적인 행위이다.

인간의 위대성

인간은 적응력이 뛰어난 존재이다. 인류가 지구상에 존재했을 무렵부터 지금까지 지구상에는 많은 변화가 있었다. 그로인해 많은 동물과 식물들이 멸종 되었지만 인간은 우수한 두뇌로 문명을 발전시키며 현재에 이르렀다.

영국의 진화론자인 찰스 다윈Charles Darwin은 환경에 적응하면 살아남고, 적응하지 못하면 도태된다는 진화론을 주장했는데, 이는 인간이 환경에 적응하는 능력이 강하다는 걸 잘 말해준다. 여기에 인간의 위대성이 있는 것이다.

자신이 삶을 보다 가치 있게 살아가기 위해서는 자신에게 주어진 그 어떤 것도 마다하지 말아야 한다. 자신에게 주어진 인생의 과제를 잘 풀면 자신이 원하는 것은 물론 그 이상의 것도 성취할 수 있다.

그런데 자신에게 벅차다고, 어렵다고 해서 자신에게 주어진 것을 받아들이지 않는다면 어떻게 될까. 더 이상이 발전할 수 없게 된다. 그러다 보니 어른이 되어도 직장에서 또는 사회에서 도태될 수밖에 있다. 자신이 삶에 패배하지 않고 잘 살아가기 위해서는 자신감을 갖고 그 어떤 것에도 주눅들지 말고 맞서나가야 한다.

인간은 환경에 적응하는 능력이 뛰어나다.
적응력이 강한 사람은 어떤 환경 속에서도 자신을 승리로 이끌지만,
적응력이 약한 사람은 도태되고 만다.

언제나 희망을 말하고 긍정적으로 행동하기

"대충대충 말하고 일하지 마라. 비판적인 말이나 행동을 하지 마라. 압박감을 주는 분위기를 조성하지 말고 희망과 행복을 느끼도록 말하고 행동하라."

노먼 V. 필Norman V. Peale의 말은 강한 신뢰를 갖게 한다. 그의 말이 이처럼 믿음을 주는 것은 그는 강한 신념으로 최고의 자기계발 전문가가 되었기 때문이다.

필의 말에서 보듯 대충대충 해서는 제대로 된 결과를 얻을 수 없다. 대충 얼렁뚱땅 하는 일은 눈속임과 같아서 신뢰할 수 없게 한다. 또한 비판적인 말과 행동은 부정적인 이미지를 주어 사람들에게 불신을 사게 한다. 불신을 사면 어떤 말을 하더라도 믿어주지 않는다. 또 압박감을 주는 말과 행동은 거부감을 주고 그와 함께 해서는 안 된다는 생각을 갖게 한다. 이러한 모든 부정적인 것들을 자신의 몸과 마음에서 없애버려야 한다.

자신이 잘되기를 바란다면 희망과 행복이 넘치는 긍정적인 말과 행동을 해야 한다. 이러한 말과 행동은 사람들에게 믿음을 주고, 신뢰하게 한다. 믿음과 신뢰를 얻게 되면 힘이 솟아나고, 무슨 일이든 잘할 수 있다는 자신감을 갖게 된다. 그래서 좋은 결과를 내는 것이다.

언제나 희망을 말하고 행복을 느끼도록 행동하라. 그랬을 때 자신의 꿈을 이루고 행복한 삶을 살아가게 됨으로써 스스로에게 만족하게 된다.

말하는 대로 된다는 말이 있다.
자신이 원하는 것을 얻기를 바란다면
언제나 희망을 말하고 긍정적으로 행동하라.

내 인생의 유능한 선장

미국의 시인이며 사상가인 랠프 왈도 에머슨Ralph Waldo Emerson은 "가능하다고 믿는 사람이 반드시 승리한다."고 말했다.

그렇다. 가능하다고 생각하면 가능한 일이 된다. 말이 씨가 된다는 말이 있다. 즉 말의 씨앗이라는 의미인데 좋은 말을 하면 좋은 일이 생기고, 나쁜 말을 하면 좋지 않은 결과를 낳는다.

종두득두種豆得豆라는 말이 있다. '콩을 심으면 콩이 나고 팥을 심으면 팥이 난다'는 말이다. 이 말은 말의 씨앗이 또한 얼마나 중요한지를 잘 알게 해준다.

스티브 잡스Steve Jobs는 임원들이 반대하는 일도 과감하게 자신의 생각대로 옮긴 것으로 유명하다. 임원들은 부정적인 입장에서 바라보았지만, 스티브 잡스는 긍정적인 입장에서 보았던 것이다.

그렇다면 결과는 어떻게 되었을까?

결과는 스티브 잡스의 생각대로 나타났다. 스티브 잡스가 애플로 복귀한 뒤 애플은 내놓은 제품마다 센세이션을 불러일으키며 최고의 판매실적을 올렸다. 이 모든 것은 애플이라는 거대한 배를 끌고 가는 유능한 선장인 스티브 잡스가 있었기에 가능했다.

스티브 잡스의 성공은 남들이 불가능을 말할 때 가능성을 보고 달려간 결과물이었던 것이다.

사람은 누구나 자신의 인생이란 배를 운행하는 선장이다.
유능한 선장이 항해를 멋지게 마치고 도착지에 선착하듯
자신의 인생에 유능한 선장이 돼라.

본질의 의미를 꿰뚫는 통찰력

사물에 있어서나 사람들과의 관계에 있어 본질의 의미를 잘 파악해야 한다. 본질을 잘 파악해야 사물을 바르게 이해할 수 있고, 사람들과의 관계도 잘 이어갈 수 있다.

사물의 본질을 잘 파악하기 위해서는 세심하게 보는 눈을 길러야 한다. 이를 관찰력이라고 하는데 관찰력이 좋아야 사물의 본질을 이해하는 데 도움이 된다. 사물을 이해하는 눈이 좋으면 남이 생각하지 못하는 것을 이해함으로써 보다 의미 있는 삶을 살아갈 수 있다.

그리고 사람들과의 관계에서도 본질의 의미를 잘 파악해야 한다. 상대는 이런 의미로 말했는데 반대로 받아들인다면 문제가 발생할 수 있다. 그렇게 되면 그 사람과의 관계가 단절될 수도 있다.

"본질의 의미를 꿰뚫어 보는 눈을 가져야 한다."

이는《차라투스트라는 이렇게 말했다》,《인간적인 너무나 인간적인》의 저자이자 독일의 철학자인 프리드리히 니체Friedrich Nietzsche의 말로 금언과도 같다. 니체는 철학자로서 많은 독서를 했으며 깊은 사색에서 발견한 깨달음을 정리하여 사상을 체계화했다. 그가 한 말 또한 깨달음에서 나온 말이다.

사물이든 사람과의 대화에서든 근본을 보라는 것이다. 근본을 알지 못하면 자신을 발전시키는 데 어려움을 겪을 수 있다. 관찰력을 기르고 독서와 사색을 통해 통찰력을 기르기 위해 노력하라.

무엇이든 자세히 보아야 자세히 알 수 있다.
이와 마찬가지로 사물의 본질과
인간의 본질을 이해하기 위해서는
폭넓은 통찰력을 길러야 한다.

좋은 습관이 성공으로 이끈다

'습관의 힘'은 그 어떤 것보다도 힘이 세다. 그래서 좋은 습관을 가졌느냐 나쁜 습관을 가졌느냐는 매우 중요하다. 독서의 습관, 부지런한 습관, 약속을 잘 지키는 습관 등은 자신이 성장하게 하는 데 큰 도움을 준다.

그러나 게으른 습관, 약속을 잘 지키지 않는 습관, 남의 흉을 보는 습관 등은 자신에게 무익할 뿐만 아니라 자신에게 악영향을 줌으로써 자신의 발전을 방해한다.

그렇다면 문제는 간단하다. 습관을 잘 들이면 된다. 좋은 습관을 들이기 위해서는 꾸준히 하는 노력이 필요하다. 귀찮다고 하다 말면 좋은 습관을 들일 수 없다.

이에 대해 고대 그리스 철학자 에픽테토스Epiktetos는 "모든 습관은 노력에서 굳어진다."고 했다. 또 영국의 시인 존 키츠John Keats는 '습관은 제2의 천성이다.'라고 했다. 이렇듯 좋은 습관은 노력에서 길러지고, 타고난 성격처럼 매우 중요해서 함부로 습관을 들여서는 안 되는 것이다.

성공적인 인생을 살았던 사람들은 성공할 수밖에 없는 좋은 습관을 가지고 있었다. 독일의 철학자 칸트Kant는 시간 관리를 잘했으며, 나폴레옹은 좋은 독서습관으로 유명하고, 헨리 포드Henry Ford는 칭찬을 잘했던 것으로 유명하다. 꿈의 씨앗이 잘 자랄 수 있도록 자신만의 좋은 습관을 길러야 한다.

좋은 습관은 성공의 가장 기본적인 요소이며 가장 중요한 요소이다.
습관에 따라 성공을 할 수도 있고, 실패를 할 수도 있기 때문이다.

최악의 상황에서 불후의 명곡이 탄생하다

고전주의 음악의 완성자라고 부르는 음악의 악성 루트비히 판 베토벤Lud-wig van Beethoven은 인생의 승리를 온몸으로 쓴 사람이다. 그는 가난한 집안으로 인해 10대 시절부터 소년 가장으로 살아야 했다. 그에겐 부양해야 할 동생들이 있었다. 10대 소년에게는 매우 벅찬 일이었지만 그는 자신의 일에 소홀하지 않았다.

베토벤은 타고난 천재였지만 연습을 게을리 하는 법이 없었다. 타고난 재능에 피나는 노력으로 그의 실력은 일취월장했다. 그의 음악은 왕은 물론 귀족들의 가슴을 깊은 감동으로 이끌었다. 그의 명성은 날로 높아만 갔다. 그러나 불행하게도 청각을 잃고 말았다. 음악가가 청각을 잃는다는 것은 목숨을 잃는 것과 같다. 슬픔에 잠긴 베토벤은 죽음을 생각했다. 하지만 그는 죽음 대신 끝까지 음악을 선택했다. 베토벤은 귀로 듣지 못하는 것을 마음으로 듣기로 했던 것이다. 그는 자연에서, 사람들의 몸짓을 보며 음악에 대한 구상을 떠올렸다. 마음으로 듣는 음악적 영감은 귀로 들을 수 없는 새로움이었다. 그는 영감이 떠오르면 즉시 악보로 옮겼다. 그렇게 작곡한 곡은 그의 명성을 온 세계에 떨치게 했다. 특히 〈제9교향곡〉, 〈월광소나타〉 등은 불후의 명곡으로 꼽힌다.

베토벤은 자신의 말처럼 세상엔 자신이 해야 할 일이 많음을 알았던 것이다. 그랬기에 그는 최악의 상황에서도 멈추지 않고 최고의 음악가가 될 수 있었다.

인생의 승리자 가운덴 최악의 상황에서 역전 드라마를 쓴 이들이 많다.
그들이 인생의 승리자가 될 수 있었던 것은 최악의 상황에서도
자신을 포기하지 않고 끝까지 최선을 다했기 때문이다.

자신에게 만족한 사람

충만하도록 행복한 마음, 넘쳐서 부족하지 않은 것을 만족이라고 하는데 사람은 자신의 만족을 위해 산다. 그래서 힘들고 어려운 일에도 도전하고, 자신의 것으로 남을 돕는다. 그런데 어떤 사람들은 노력도 없이 만족하기를 바란다. 그런 마음자세로는 절대로 만족할 수 없다. 왜냐하면 도둑의 심보를 가졌기 때문이다.

어느 구두 수선공의 이야기이다.

그는 언제나 싱글벙글이다. 한 번도 찡그리는 것을 본 적이 없다.

"무슨 좋은 일이 있어요?"

"꼭 좋은 일이 있어야만 웃나요. 웃다 보면 그냥 기분이 좋아요."

그는 사람들이 물을 때마다 늘 이렇게 말했다. 사람들은 그의 긍정적인 모습에서 기분 좋은 에너지를 받곤 했다.

그리고 그는 힘들게 번 돈을 구호단체에 정기적으로 후원하고, 매월 첫째, 셋째 주 일요일마다 봉사활동을 한다. 이런 사실을 아는 사람들은 그를 '스마일 맨'이라고 부른다. 그는 비록 잘살지는 못해도 자신의 삶에 매우 만족해한다. 가난하거나 지위가 낮아도 자신이 만족하면 된다. 그러나 부유하고 지위가 높아도 만족하지 못하면 아무것도 아니다.

사람마다 삶의 만족도는 다 다르다. 자신이 만족할 수 있으면
그것은 행복한 삶이라고 할 수 있다. 삶의 만족도는 상대적이기 때문이다.

꿈을 이루는 최선의 비결

《생각하라 그러면 부자가 되리라 Think and Grow Rich》의 저자이자 자기계발 전문가인 나폴레온 힐Napoleon Hill은 평범한 기자에 불과했다. 그랬던 그가 꿈을 주고, 긍정의 마인드를 심어주는 최고의 전문가가 될 수 있었던 힘은 무엇인가.

어느 날 나폴레온 힐은 앤드류 카네기에게 제안을 받았다. 그것은 자신이 성공하는 방법을 알려줄 테니 그것을 책으로 내라는 것이었다. 나폴레온 힐은 카네기의 제안을 흔쾌히 받아들였다. 카네기는 그에게 많은 지혜와 정보를 제공해 주었다. 그러는 동안 20년의 세월이 흘렀고 나폴레온 힐은 그동안 연구한 것을 책으로 냈다. 그 책은 나오자마자 베스트셀러가 되었고, 그를 베스트셀러 작가가 되게 했다. 유명인사가 된 나폴레온 힐은 수많은 강연회를 펼치며 성공적인 인생이 되었다. 그는 카네기의 제안에 적극 응함으로써 평범한 자신을 유명인사로 만들었던 것이다.

꿈을 이루고 싶다면 매사를 긍정적이고 적극적으로 실행하는 사람이 되어야 한다. 그것이야말로 꿈을 이루는 최선의 비결이다.

꿈을 이루는 사람들은 매사를 긍정적으로 생각하고 행동한다. 그들은 상황을 탓하는 대신 최선을 다하는 선택을 취한다. 그것이 그들의 성공 비결이다.

날마다 자신을 돌아보기

나는 누구인가,

나는 지금 내가 원하는 삶을

살고 있는가에 대해

진지하게 성찰하는 자세를 가져야 한다.

이러한 과정을 통해

자신을 깊이 들여다보는 눈을 기르게 된다.

자신을 깊이 보는 눈을 갖게 되면

어떤 순간에도 허튼짓을 하지 않게 된다.

설령 최악의 상황에 이르게 되어도

다시 일어서고야 만다.

자신이 무엇을 시작해야 할지를 잘 알기 때문이다.

날마다 기도를 통해 자신을 돌아보라.

하루에도 여러 번 나는 자신을 돌아본다.
해야 할 일을 충실히 실행했는지, 또 친구들에게 신의를 잃는 행동을
하지는 않았는지, 또 내가 배운 것을 몸소 실행에 옮겼는지를 말이다.

_공자

꿈이 커야 크게 성공할 수 있다

꿈이 커야
크게 성공할 수 있다.
꿈의 동그라미를
자기 몸만 하게 그리면
꼭 그만큼만 이루게 되고,
자기 방만큼 그리면
꼭 그만큼만 되고,
학교 운동장만큼 그리면
꼭 그만큼만 이루게 된다.

큰 꿈을 가져라. 너의 행동을 낮게 하고, 너의 희망을 높게 하라.

_조지 허버트

언어의 진주, 참 좋은 글

"나는 한 평범한 의학도였다. 졸업시험에 합격할 수 있을까, 합격을 하면 무엇을 해야 할까, 어디로 가야 할까, 어떻게 살아가야 할까를 걱정했다. 그러던 어느 날 답답한 내 마음을 활짝 열어줄 좋은 글귀를 만나게 되었다. 그것은 칼라일의 '우리들의 중요한 임무는 희미한 것을 보는 것이 아니라, 가까이 있는 분명한 것을 실천하는 것이다'였다. 나는 이 글귀에 깊은 감명을 받고 꾸준히 실천한 끝에 내가 원하는 것을 얻을 수 있었다."

이는 세계 최고 의과대학인 존스 홉킨스대학의 설립자 윌리엄 오슬러William Osler 경이 한 말이다. 그는 의과대학교를 다니면서도 자신의 미래에 대한 확신이 없었다. 그러나 칼라일의 글을 본 순간 강한 에너지를 느낌으로써 노력한 끝에 최고의 의사가 되었으며, 존스 홉킨스대학을 설립할 수 있었다.

좋은 글은 인생을 바꿀 만큼 강한 메시지를 담고 있다. 왜 그럴까?

그 글 속에는 그 말을 한 사람의 긍정의 에너지가 빛이 되어 반짝이고 있기 때문이다. 좋은 글은 가장 좋은 스승이며, 강력한 에너지를 발생시키는 '긍정의 램프'이다. 긍정의 에너지를 많이 받는 사람이 성공할 확률이 높은 것은 자명한 사실이다. 역사는 그것을 분명하게 보여준다.

긍정의 램프인 좋은 글은 인생을 풍요롭게 하는 '언어의 진주'이다.

좋은 글을 많이 읽는 사람이 인생을
보다 풍요롭게 살아갈 수 있다.
좋은 글은 강력한 긍정의 에너지를 담고 있어
몸과 마음을 긍정적으로 만들어
삶을 능동적으로 살아가게 하기 때문이다.

포기를 이기는 법 배우기

"몸을 아끼지 않고 쓰러질 결심으로 나아가는 사람이 승리를 얻는다."
이는 동양 명언이다.

이 말은 강한 의지와 신념의 중요성을 잘 보여준다. 몸을 아끼지 않고
쓰러질 결심으로 나아가라는 이 말은 '포기'를 해서는 안 된다는 메시
지를 담고 있다. 포기하지 않는 사람들은 몸을 아끼지 않는다. 왜냐하
면 그것은 자신을 실패로 몰아간다는 것을 잘 알기 때문이다. 성공하
고 싶다면 포기를 이기는 법을 배우라.

가장 잘 견디는 자가 무엇이든지 가장 잘 할 수 있는 사람이다.
_존 밀턴

꿈이 있는 사람의 7가지 특징

꿈이 있는 사람에겐 7가지 특징이 있다.

첫째, 꿈이 있는 사람은 늘 밝고 긍정적이다.

둘째, 꿈이 있는 사람은 배려심이 많고 매사에 자신감이 넘친다.

셋째, 꿈이 있는 사람은 어떤 시련 앞에서도 쉽게 좌절하지 않는다.

넷째, 꿈이 있는 사람은 실패를 두려워하지 않는다.

다섯째, 꿈이 있는 사람은 언제나 현재 진행형이다.

여섯째, 꿈이 있는 사람은 칭찬을 잘한다.

일곱째, 꿈이 있는 사람은 친절하다.

꿈을 품어라. 꿈이 없는 사람은 아무런 생명력이 없는 인형과 같다.

_발타자르 그라시안

| Chapter 2 |

내 인생을 열어주는
인간관계의 잠언

사람들은 자신에게 관심을 보이는 사람을 좋아한다.
관심을 갖는다는 것은 상대방이 자신의 마음에
든다는 것을 의미하기 때문이다.

누군가에게 반드시 필요한 사람이 되는 길

누군가에게 필요한 사람이 된다는 것은 매우 행복한 일이다. 누군가가 필요로 하는 사람은 자신의 유익을 위해서 상대에게 고통을 요구하지 않는다. 자신 스스로 고통의 바다로 뛰어들어 고통을 희망으로 만들기 위해 열정을 다 바친다. 그러고는 힘들게 이룬 희망의 꽃을 필요로 하는 사람들에게 아낌없이 나눠준다.

누군가에게 필요한 사람이 된다는 것은 때론 인생의 거센 비바람을 맞는 일이며, 폭염 속에서 사막을 걸어가는 것처럼 온몸이 열기의 땀방울로 가득 차는 일이며, 거센 풍랑을 헤치며 위태로운 항해를 하는 것과 같다.

그럼에도 불구하고 누군가에게 필요로 하는 사람이 고통을 마다하지 않는 것은, 고통 뒤에 오는 환희의 기쁨을 잘 아는 까닭이다. 인생의 모든 기쁨과 행복, 희망과 꿈은 고통의 능선을 반드시 넘을 때에만 얻게 되는 삶의 선물이다.

비가 오고 난 뒤 하늘은 더 맑고, 장마가 지나간 뒤 강물은 더 푸르게 빛난다. 하여, 진실로 자신의 인생을 행복하게 살고 싶다면 누군가에게 반드시 필요한 사람이 되기 위해 즐거운 마음으로 실행에 옮겨야 한다.

가을에 수확의 기쁨을 누리는 것은 비바람과 뜨거운 햇살을
온몸으로 받으며 열매를 익혔기 때문이다.
이와 마찬가지로 누군가에게 반드시 필요한 사람은
고통의 아픔을 온몸으로 이겨냈기에 나누는 기쁨을 아는 것이다.

겸허하게 말하고 겸손하게 행동하기

사람을 존경하는 이유는 그 사람의 돈도 아니고, 학력도 아니고, 권력도 아니고, 잘생긴 외모도 아니다.

그 사람이 어떤 가치관을 지녔는가, 또 사람들과의 관계를 어떤 식으로 맺는가에 따라서 그 사람을 존경하게 되는 것이다.

사람들과의 막힘없는 소통을 위해서라면 정직하게 행동하고 자신을 낮춰야 한다. 이것이야말로 참 좋은 소통의 방책이다.

겸허하게 말하고 겸손하게 행동하라. 사람은 누구나 자신을 낮추는 자에게 호감을 갖는 법이다.

겸허한 사람은 상대에게 좋은 점수를 받는다.
사람은 누구나 겸허하게 말하고 겸손하게 행동하는 사람에게 부담이 적은 법이다.
그런 사람은 좋은 마인드를 갖고 있다고 믿기 때문이다.

선행을 베푸는 착하고 아름다운 삶

"착한 태도로 사람들에게 끼친 즐거움은 다시 돌아오며, 가끔은 덤까지 가지고 온다."

이는《국부론》으로 유명한 영국의 세계적인 경제학자 애덤 스미스Adam Smith의 말이다. 애덤 스미스가 말했듯이 선행을 베풀면 그 대가가 반드시 돌아온다. 우리는 삶에서 이런 경우를 자주 경험하지만, 잊고 살기 때문에 잘 모를 뿐이다.

선행은 사람의 마음을 따뜻하게 해주고, 감동을 주며, 기쁨을 주는 소통의 마인드이다. 그래서 착한 사람에겐 좋은 사람들이 많다.

선행도 습관에서 온다. 거울을 보고 웃는 연습, 부드러운 말투로 말하기 연습을 하라. 그렇게 꾸준히 하다 보면 선행을 베풀고 있는 자신을 발견하게 될 것이다.

착한 사람은 적이 없다.
그런 사람은 절대 해코지를 하지 않을 거란 믿음에서다.
착하게 생각하고 착하게 행동하라.

비판은 자신도 남도 죽이는 일이다

비판은 남도 죽이고
자신도 죽이는 백해무익한 행위이다.
비판은 그 어떤 이유로도 정당화될 수 없다.
순조롭고 아름다운 인간관계를 위해
반드시 비판을 삼가야 한다.

비판은 무익한 것이다. 그것은 사람을 방어하도록 만든다. 그리고 그가 스스로를
합리화하도록 만든다. 그래서 비판은 위험한 것이다. 왜냐하면 그것은
사람의 자존감을 상하게 하고, 감정을 해치고, 분개심을 일으키기 때문이다.

_데일 카네기

경청은 가장 좋은 대화법이다

"입보다 귀를 높이 두어라."

이는《탈무드》에 나오는 말이다. 이 말은 남의 얘기에 귀를 기울이라는 의미이다.

사람들은 대개 자신이 말하는 것을 좋아한다. 왜냐하면 자신이 상대방보다 더 낫다고 생각하기 때문이다. 하지만 실제에 있어서는 그 반대다. 사람들은 말이 많은 사람들보다 자신의 말을 경청하는 사람을 좋아하고 신뢰한다.

왜 그럴까?

그것은 자신이 똑똑한 사람으로 비춰지고, 말 잘하는 사람으로 여겨지기 때문이다. 상대의 말만 잘 들어주어도 대화의 명수가 될 수 있다. 이렇듯 사람들과의 대화에서 현명하게 대처하면 자신이 원하는 방향으로 문제를 이끌어 내게 됨으로써 좋은 결과를 얻게 된다.

사람은 누구나 자신의 말을 잘 들어주는 사람에게 호감을 갖는다.
왜 그럴까. 그것은 배려심이 좋고 인간성이 좋다고 여기는 까닭이다.

참된 삶의 파트너 중심이 바른 사람

사람은 외모로 판단할 것이 아니라, 그 사람 마음의 중심으로 판단해야 한다. 우리 사회에는 겉모습에 현혹되어 허황된 삶을 살고 있는 사람도 많고, 진실을 벗어나 왜곡된 길을 가는 사람들도 많다.

겉모습은 단지 겉에 드러난 껍데기에 불과할 뿐이다. 사람의 진정한 가치는 그 사람의 내면에 있다. 정직성, 성실성, 도덕성, 삶의 가치관, 진정성 등은 모두 그 사람의 마음에 담겨있다.

사람을 사귀거나 인간관계를 맺을 땐 그 사람의 중심을 보라. 그러면 실수를 줄이고 참된 삶의 파트너가 될 것이다.

상대의 겉모습을 보고 사귀는 사람은 진실한 사람을 사귀기 어렵다.
진실한 사람은 겉모습에서가 아니라 내면에 그 사람의 진심이 있다.
중심이 바른 사람, 그런 사람이 참된 인생의 파트너이다.

사람들이 칭찬을 좋아하는 이유

어린아이든 젊은이든 백발이 성성한 어르신이든 그 누구라 할지라도 칭찬을 하면 좋아하고 즐거워한다. 칭찬 앞에는 장사도 없고, 직위의 높고 낮음도 없고, 배움의 많고 적음도 없고, 부의 많음과 적음도 없다. 칭찬 앞에는 누구나 다 똑같다.

칭찬은 왜 사람들을 좋아하게 할까?

첫째, 칭찬을 받으면 자신이 잘난 사람처럼 여겨져서 스스로 만족하게 된다. 만족은 행복을 주는 기쁨의 비타민이다.

둘째, 칭찬을 받으면 엔도르핀이 분비되어 기분을 한껏 끌어올린다. 기분이 좋으면 매사에 자신감이 생기고 긍정적인 마인드가 된다.

셋째, 칭찬을 받으면 여유로운 마음이 생겨 관대해진다. 마음의 여유는 소통을 원활하게 하여 인간관계 증진에 큰 도움을 준다.

이렇듯 칭찬의 효과는 크게 세 가지로 규정해볼 수 있다. 인간관계를 부드럽게 이어주는 칭찬은 소통의 필수 요소이다.

칭찬하는 데는 돈이 들지 않는다. 힘도 들지 않고, 배움이 많지 않아도 된다.
상대를 위하는 예쁜 마음만 있으면 된다.

이성적으로 생각하고 이성적으로 행동하기

사람은 감정의 동물이자 이성의 동물이기도 하다.

감정은 자칫 또 다른 감정을 불러일으켜 문제를 야기하지만, 이성은 냉철하고 주지적이어서 감정으로 생기는 문제점을 해결하는 데 최적의 요소다.

감정은 불만을 고조시키지만, 이성은 불만을 누그러뜨리고 감정을 순화한다. 어떤 위급한 문제에 봉착하게 되면 감정적인 대처는 절대 금물이다. 항상, 이성적으로 판단하고 대처해야 한다. 그렇게 될 때 잘못될 수 있는 상황을 슬기롭게 극복함으로써 전화위복의 기회를 만들 수 있다.

지혜로운 사람은 같은 상황에서도 문제를 만들지 않는다. 감정적으로 대처하는 것이 얼마나 무모한지를 잘 아는 까닭이다. 이성적으로 생각하고 행동하는 것이야말로 어려움을 극복하게 하는 최선의 비책이다.

감정적으로는 문제를 좋게 해결할 수 없다.
감정은 이성을 마비시키는 부정적인 마인드이다.
그러나 이성은 문제를 지혜롭게 해결하게 하는 긍정의 마인드이다.

정중하고 부드럽게 말하기

정중하고 부드러운 말은 상대에게 좋은 이미지를 준다. 사람들은 누구나 부드럽고 친절하게 말하는 사람을 좋아하는 경향이 있다. 그래서 일까, 이런 사람들이 소통 능력이 뛰어나고, 그로 인해 좋은 결과를 얻는 것을 종종 보게 된다.

정중하고 부드럽게 말하기 위해서 어떻게 해야 할까.

첫째, 남자의 경우 중저음의 목소리가 듣기 편하고 상대방에게 믿음을 준다. 목소리를 낮춰 약간 굵은 톤으로 말하는 연습을 하라.

둘째, 여자의 경우는 하이보이스 톤이 귀에 쏙쏙 들어온다. 목소리를 가다듬어 약간 소리를 높인 뒤 꾸준히 연습하라.

셋째, 반듯한 예의는 상대방을 높여주는 효과를 준다. 그래서 사람들은 누구나 정중하게 말하고 행동하는 사람을 믿고 신뢰한다.

사람마다 목소리의 톤과 색깔이 다 다르다. 누구나 들어서 부담 없이 귀에 쏙쏙 들어오는 목소리로 말하고 행동하라.

사람이 해서 안 되는 일은 없다. 꾸준히 노력하고 노력하라.

정중하고 부드러운 말씨는 상대에게 호감을 준다.
예의 있고 성품이 따뜻하다고 믿기 때문이다.

편지의 효과를 이용하기

문제를 해결할 때 잘못된 말로 인해 상황이 더 악화되는 것을 종종 보게 된다. 왜냐하면 마주보고 말하는 상황에서는 감정이 개입되어 흥분하게 되기 때문이다. 이런 경우 가장 좋은 방법은 편지를 활용하는 것이다.

소통의 귀재 에이브러햄 링컨Abraham Lincoln도 편지를 이용해서 문제를 해결하곤 했다.

편지는 감정을 개입시키지 않고 쓸 수 있어, 상대방에게 불쾌감을 주지 않는다. 부부 싸움 후 편지를 이용하면 효과가 매우 크다. 물론 여기에 필요한 것은 진정성을 보이는 것이다.

가족 사이나 친구 사이, 직장동료 사이, 선후배 사이에 생긴 문제를 푸는 데는 편지가 단연 최고다.

사람들은 누구나 본의 아니게 문제를 만들 수 있다. 그런 경우 말로 해서 안 될 때는 편지를 써라. 편지의 효과는 의외로 큰 힘을 발휘한다.

말로 하기 곤란하다면 편지를 써라.
편지를 쓰되 진정성이 잘 나타나도록 예의를 갖추고,
정성을 담아 쓰면 좋은 효과를 낼 수 있다.

인격자의 길

좋은 나무가 되기 위해서는
때 맞춰 거름을 주고,
적정한 수분을 항상 유지해야 한다.
또한 적당한 온도와 햇볕을 받아야 한다.

좋은 나무는
사람으로 말한다면 훌륭한 인격자이다.
훌륭한 인격자가 되기 위해서는
남을 배려하고, 친절하게 행동하며,
도덕적으로 문제가 없어야 한다.

겸손하고 양보하는 마음은 인격을 완성하는 데 절대 필요한 양식이다.
이러한 인격 완성의 양식이 떨어지면 사람들은 교만하고 약해진다.

.존 러스킨

상대를 사로잡는 관심의 기술

사람들은 자신에게 관심을 보이는 사람을 좋아한다. 관심을 갖는다는 것은 상대방이 자신의 마음에 든다는 것을 의미하기 때문이다.

관심을 표명하기 위한 지혜로운 방법을 보자.

첫째, 진심을 담아 칭찬을 한다.

가령 "옷이 너무 멋지군요. 옷이 주인을 잘 만난 것 같습니다." 하고 말하면 십중팔구 "아, 그래요? 고맙습니다." 하고 기분 좋게 말할 것이다.

둘째, 최대한 친절하게 대한다.

"이거 한번 먹어보세요. 맛이 정말 끝내줍니다."

이렇게 말하며 접시에 담아 주면 상대방은 '저 사람은 썩 괜찮은 성품을 가졌구나. 앞으로 잘 지내도 좋겠어.' 하고 생각할 것이다.

셋째, 취미 등으로 마음을 사로잡는다.

대부분의 사람들은 자신과 같은 취미를 가진 사람에게 관심을 갖고 대한다. 취미가 같다는 생각도 비슷하다는 것을 의미하기 때문이다.

"음악 감상이 취미시라고요? 저 또한 그렇습니다."

"아, 그래요? 이거 잘 됐습니다. 우리 가끔씩 만나서 식사도 하고, 음악도 듣고, 얘기를 나누면서 즐겁게 지냅시다."

이 정도의 대화가 오고 가면 둘 사이는 좋은 관계를 유지하는 사이가 될 것이다.

자신에게 관심을 갖는 사람을 좋아하는 이유는
자신이 썩 괜찮은 사람이라고 생각하게 만들기 때문이다.
이처럼 관심을 갖는 것만으로도 좋은 이미지를 심어줄 수 있다.

자신이 먼저 인사하기

인사 잘하는 사람에게 관심이 가는 것은 왜일까?

첫째, 인사 잘하는 사람은 오픈 마인드를 가진 사람이라는 확신을 준다. 그래서 그런 사람과의 교류는 자신에게 유익함을 준다고 긍정적으로 평가하기 때문이다.

둘째, 인사 잘하는 사람은 예의가 있는 사람이라고 믿는다. 예의를 갖춘 사람은 마음 바탕이 반듯해 교류를 하면 손해 볼 게 없다고 믿기 때문이다.

셋째, 인사 잘하는 사람은 인간성이 좋다고 생각한다. 생각해보라. 인간성 나쁜 사람들이 인사성이 좋은가를.

인사는 사람과의 관계를 매끄럽게 이어주는 소통의 '필수 비타민'이다. 인간관계에서 긍정적인 결과를 얻고 싶다면 자신이 먼저 인사하라.

인사성이 밝은 사람은 사람들을 기분 좋게 한다.
인사 잘하는 사람은 예의 바르고 진정성이 있다고 믿기 때문이다.

포용력과 관용의 미덕

인자무적仁者無敵. '어진 사람에게는 적이 없다'는 뜻이다. 어진 마음은 착
하고 너그러운 마음을 말하며 어진 사람은 '포용력'과 '관용'이 뛰어나다.
그래서 이런 사람은 사람들로부터 좋은 평가를 받고 존경받는다.

포용과 관용의 미덕을 행하는 사람이 존경을 받는 것은 아무나 할 수
없는 일이기 때문인데, 포용력과 관용의 마음을 기르기 위해서는 어떻
게 해야 할까.

첫째, 매사에 역지사지易地思之하는 마음으로 생각하라. 꾸준히 행하다
보면 이해의 폭이 넓어진다.

둘째, 용서와 화해의 마음을 길러라. 용서와 화해의 마음은 적도 감동
하게 한다.

셋째, 내 자신도 얼마든지 실수할 수 있음을 생각하라. 이런 마인드는
상대방을 보다 이해하는 쪽으로 생각하게 만든다.

포용력과 관용의 미덕은 차원 높은 소통의 수단이다. 포용력과 관용의
마음을 기른다면 폭넓은 소통으로 인해 만족한 삶을 살아가게 된다.

포용력이 좋고 마음이 너그러운 사람은 누구나 좋아한다.
이런 사람은 자신에게 도움이 되고, 삶의 지표로 삼아도 좋다고 여기는 까닭이다.

삶의 활력소, 기쁨을 주는 사람

어딜 가든 분위기 메이커가 있다. 이런 사람들은 매사가 긍정적이고 기쁨을 안고 산다. 그래서 이런 사람은 누구에게나 환영을 받는다. 기쁨을 주는 사람이 어딜 가든 환영을 받는 것은, 그 사람이 있음으로 해서 기분이 좋아지고 활력이 넘치기 때문이다.

기분을 좋게 한다는 것은 사람들과의 관계를 매끄럽게 만들어준다. 그래서 기쁨을 주는 사람이 소통에 막힘이 없는 것이다. 소통이 잘 된다는 것은 인간관계가 좋다는 것을 의미하는데, 좋은 인간관계를 맺고 싶다면 기쁨을 주는 사람이 돼라.

기쁨은 사람을 끌어당기는 강력한 힘을 갖고 있는 '소통의 자석'이다.

주변 사람들을 기쁘게 하는 사람은 누구에게나 환영받는다.
그가 곁에 있음으로써 삶의 활력이 넘치기 때문이다.
기쁨을 주는 사람은 삶의 활력소이다.

약속은 행동의 언어이다

약속은 사람과 사람 사이를 끈끈하게 맺어주는 연결고리이다. 약속을
잘 지키면 인간관계가 탄탄해지고, 잘 지키지 않으면 인간관계가 끊기
고 만다. 약속은 무언의 말이며 행동의 언어이다.

약속을 하고 지키지 않는 사람이 참 많다. 천재지변과 같은 어쩔 수 없
는 불가항력에서는 이해가 되지만, 그 외엔 이해로 덮어줄 하등에 이
유가 없는 게 약속인 것이다.

약속을 잘 지키면 참 사람이라는 인생의 보너스가 주어진다. 하지만 약
속을 잘 지키지 않으면 인생이 부도난다.

약속은 인간관계에 있어 매우 중요한 요소이다. 약속을 잘 지키느냐,
잘 지키지 않느냐에 따라 소통이 원만하게 될 수도 있고, 불통이 될 수
도 있다는 것을 기억하라.

약속은 그 사람을 보증하는 삶의 보증수표이다.
약속을 잘 지킨다는 것은 자신의 인생을 보증하는 것과 같다.

행동은 말보다 강하다

"행동은 말보다 강하다."

명저 《카네기 처세술》, 《카네기 성공철학》으로 유명한 미국의 탁월한 자기계발 동기부여가인 데일 카네기Dale Carnegie는 말했다.

그렇다. 아무리 말로 떠들어 댄들 한 가지 행동만도 못하다. 감동을 주는 행동은 사람들에게 깊은 이미지를 심어준다.

왜 그럴까.

시각적 이미지가 강하게 작용하기 때문인데, 눈에 보이는 것은 즉시 가슴으로 전달된다. 그러나 아무리 말을 앞세워도 실천하지 않는다면 그림의 떡과 같아 아무런 의미가 없다.

행동으로 주는 감동은 오래오래 가슴에 별이 되어, 자신이 살아가는 데 있어 삶의 빛이 되어 준다.

백 마디 말보다 하나의 행동이 더 크게 와 닿는 것은
행동은 실천적인 의미를 지니고 있어 상대의 뇌리를 강하게 자극하기 때문이다.

사람을 살리고 죽이는 한 마디의 말

말 한 마디에 살고 죽는다는 말이 있다. 말 한 마디가 그만큼 중요하다는 것을 단적으로 뜻하는 말이다.

절망 중에 빠진 사람에게 "용기를 내라. 이번 일만 잘 극복하면 당신은 잘될 수 있다."고 말하며 격려한다면 그 사람은 살기 위해 힘을 낼 것이다. 하지만 "당신은 이미 끝났어. 아무리 해 봐도 희망이 안 보여."라고 한다면 다시 일어날 생각을 포기해버린다.

실제로 무너진 굴에 갇힌 사람들이나 참혹한 절망 가운데 놓인 사람들에겐 두 가지 현상이 뚜렷하게 나타났다고 한다. 희망을 가진 사람들은 살았고, 절망에 빠져 포기한 사람들은 죽었던 것이다.

한 마디 말도 신중하게 하라. 한 마디 말은 사람을 살리기도 하고, 죽게도 한다는 사실을 기억하라.

한 마디의 말은 사람을 잘되게 하기도 하고, 잘못 되게도 한다.
한 마디의 말은 핵폭탄보다 더 강한 폭발력을 지녔다.
여기에 말의 위대성이 있는 것이다.

웃음은 소통의 벨트이다

웃는 사람의 얼굴엔 빛이 난다. 활짝 핀 웃음꽃이 얼굴을 밝게 하기 때문이다. 잘 웃는다는 것은 누구에게나 최대의 장점으로 작용한다. 웃음은 그만큼 몸에 좋은 보약처럼, 인간관계를 매끄럽게 이어주는 '소통의 보약'인 것이다.

다음은 웃음이 인간관계에 미치는 영향이다.

첫째, 낯선 사람의 마음도 열게 한다.

둘째, 경계심을 없애주고 좋은 이미지를 심어준다.

셋째, 악의가 없어 보이고 사람을 편안하게 해준다.

넷째, 본인도 상대방도 기분을 좋게 해준다.

자신이 잘 웃지 않는다면 의도적으로라도 웃어라. 웃음은 인간관계를 매끄럽게 이어주는 '소통의 벨트'이다.

웃음은 처음 본 사람의 마음도 열게 한다.
웃음은 긴장감을 풀어주고 경계심을 누그러뜨려
동질감을 느끼게 하는 공감의 언어이다.

가슴의 언어로 말하고 행동하기

가슴이 따뜻한 사람은 인정이 많다. 어려운 사람이 도움을 청하면 거절하지 못한다. 설령, 자신이 손해를 보더라도 기꺼이 상대방의 청을 들어준다.

가슴이 따뜻한 사람의 대명사인 아프리카의 성자, 알버트 슈바이처Albert Schweitzer.

그는 유능한 의사로서, 음악가로서 풍요로운 삶을 살 수 있었다. 그러나 그는 풍족한 삶을 포기하고 위험이 도사리고 있는 아프리카로 갔다. 그는 최선의 사랑으로 사람들을 대해주었고, 아프리카 사람들은 그를 진정으로 사랑하고 존경했다.

가슴이 따뜻한 사람이 되기 위해서는 이기심을 버려야 한다. 이기심을 버리지 않는 한 절대로 가슴이 따뜻한 사람이 될 수 없다. 가슴의 언어로 말하는 사람, 그 사람은 슈바이처가 그랬듯이 누구에게나 존경을 받을 것이다. 가슴의 언어로 말하고 행동하라.

가슴이 따뜻한 사람은 사람들에게 인기가 많다.
그 사람과 함께 하는 것만으로도 가슴이 따뜻해지고 즐겁기 때문이다.
따뜻한 가슴의 언어는 그 어떤 말보다도 진실하다.

인생의 보약, 성실성

소설 《크리스마스 캐럴》, 《두 도시 이야기》로 유명한 19세기 영국의 대표적인 작가인 찰스 디킨스Charles Dickens. 그는 평생 학교라고는 4년밖에 다닌 적이 없다. 그러나 그는 세계적인 작가가 되었다.

왜일까?

그것은 그의 끊임없는 노력과 지칠 줄 모르는 성실함에 있다. 디킨스는 청소년 시절 공장에서 일을 하면서도 지친 몸을 이끌고 소설 쓰기를 멈추지 않았다. 그는 많은 출판사로부터 퇴짜를 맞았지만 자신의 꿈을 멈추지 않은 끝에 그의 진가를 알아본 출판사 편집자에 의해 꿈을 이룰 수 있었다. 그리고 작가로서 대성했다.

"젊어서 고생은 사서도 한다."는 속담이 있다. 디킨스의 젊은 시절의 고생은 그가 글을 쓰는 데 있어 좋은 자양분이 되었다.

자신의 현실이 갑갑하고 고통스러워도 인내하고 성실히 노력하다 보면 '인생의 보약'이 된다. 그리고 성공적인 결과를 안겨준다. 동서고금을 막론하고 성공한 이들의 공통점은 '성실함'에 있다.

성실하라. 성실은 성공을 이끌어내는 몸짓 언어이다.

성실한 사람은 어디를 가든 환영받는다.
성실성은 그 사람의 진실을 알게 하는 행동의 언어이기 때문이다.

최선의 소통, 사랑

사랑은 얼어붙은 마음도 녹여버리게 하는 최선의 소통이다. 꽉 막힌 노사 문제도, 부부 문제도, 친구와의 갈등도, 정부와 국민들 간에 쌓인 문제도 사랑이 함께 하면 스스로 녹아버린다.

그런데 문제는 사랑을 실천하기가 쉽지 않다는 데 있다. 사랑을 쉽게 실천하지 못하는 것은 나를 놓아버리지 못하기 때문이다.

나의 이기심, 자존심을 버리기란 쉽지 않다. 이를 버릴 수만 있다면 사랑은 얼마든지 실천할 수 있다.

자신이 소통의 귀재가 되고 싶다면 사랑을 실천하라. 사랑은 최선의 소통수단이다.

사랑은 모든 것을 수용하고 포용하는 넉넉한 마음이다.
사랑이 많은 사람이 포용력이 좋은 것은 몸과 마음이 사랑으로 배어있기 때문이다.

화난 사람의 마음을 풀어주는 법

사람들은 억울한 소리를 들으면 화가 나 어쩔 줄을 몰라 한다. 그래서 자신의 마음을 잘 알아줄 주변 사람에게 터놓고 자신의 억울한 입장에 대해 이해를 구한다.

그런데 이럴 때 처신을 잘 해야 한다. 화가 나 있는 사람의 입장에서 편을 들어주면, 화가 난 사람은 카타르시스를 느낀다. 그래서 실컷 감정을 쏟아내고 나면 속이 후련해진다.

그런데 화가 난 사람을 보고 무조건 참아라, 이해해라 한다면 완전히 불난 집에 부채질하는 꼴이 생길 수도 있다. 그것은 오히려 화를 돋우는 일이다. 맞장구 소통은 말을 들어주고 맞장구를 쳐주는 것만으로도 상대방의 감정을 풀어줄 수 있는 좋은 소통법이다.

화가 난 사람의 마음을 풀어주기 위해서는 잘 들어주고, 때에 따라
맞장구를 쳐주어야 한다. 상대는 그것만으로도 충분히 화를 해소할 수 있다.

지혜는 덕과 같다

유대인의 말에 '홋햄'이라는 말이 있다. 이는 '지혜로운 자'라는 뜻이다. 그리고 '탈미드 홋햄'이라는 말이 있는데 이는 '가장 지혜로운 사람'이라는 뜻이다.

유대인들은 지혜를 아주 소중히 여겼고, 지혜로운 자를 가장 존경한다. 그리고 세금까지 면제해준다. 이처럼 유대인들은 지혜로운 사람을 존경하고 예를 다한다.

지혜는 인간관계에서 아주 중요한 소통의 요소이다. 지혜로운 사람에게 사람들이 몰려드는 것은 바로 이런 이유에서다.

지혜를 길러라. 그리고 지혜롭게 소통하라.

예부터 지혜가 뛰어난 사람에게는 사람들이 많이 모여들었다.
지혜를 배워 가치 있는 삶을 추구하기 위해서였다.
지혜는 삶의 근본이자 삶의 나침반이다.

소통의 달인이 되는 지혜

인간관계에 있어 '네 탓이야'라고 여기는 것은 조심해야 한다. 이는 소통의 단절을 가져오는 요인으로 작용하기 때문이다.

우리 사회에서 소통 불능 상태에 빠진 곳을 보면 서로가 '상대의 탓'으로 돌린다. 그러나 소통이 잘 되는 곳을 보면, 잘 되는 것은 상대의 탓으로 돌리고, 나쁜 것은 서로가 '자기 탓'으로 여긴다.

부부 사이에도, 친구 사이에도, 직장동료 사이에도, 노사 간에도 서로를 탓하는 것은 절대 금물이다.

완전한 소통을 바란다면 잘못된 일은 내 탓으로 돌리고, 잘된 일은 상대의 탓으로 돌려라. 그것이야말로 '소통의 달인'이 되는 가장 중요하고도 기본적인 요소이다.

사람들과 좋은 관계를 유지하고 싶다면 잘한 것과 좋은 것은 상대에게 돌리고,
잘못한 것과 나쁜 것은 자기 탓으로 돌려라.

한 잔의 차는 마음을 열게 한다

한 잔의 차가 주는 여유는 의외로 크다. 친한 사이에도 처음 보는 사이에도 차 한잔 마시면서 이런저런 얘기를 하다 보면 친한 사이에는 더욱 정감이 깊어지고, 처음 보는 사이에도 마음을 열게 된다.

사람들은 말한다.

"요즘 세상은 너무 삭막하고 쓸쓸해!"

그렇다. 사람들은 누구나 그렇게 느끼며 산다. 하지만 그렇게 느끼지 않고도 얼마든지 살 수 있다. 내가 먼저 다가가 마음을 열면, 상대방 또한 마음을 열고 다가온다.

티타임 소통을 통해 마음의 여유를 갖고 친분을 쌓는다면, 아무리 세상이 각박하다고 해도 즐겁게 살아가게 될 것이다.

모르는 사람들끼리도 한 잔의 차를 마시면서 이야기를 하다 보면 마음이 트이게 된다.
한 잔의 차는 인간관계를 부드럽게 이어주는 참 좋은 소통의 매개체이다.

자선慈善을 습관화하기

자선은 단지 아름다운 행위이며 감동만을 주는 행위가 아니다. 자선은 인간관계를 원활하게 해주는 '소통의 윤활유'이다. 자선을 즐겨하는 사람 치고 소통의 부재를 겪는 이들이 없다.

대개의 사람들은 자신은 자선을 하지 않으면서도, 자선을 하는 사람을 좋아하고 그와 아름다운 관계맺음을 바란다. 이를 보면 자선은 인간의 삶에서 매우 중요한 부분을 차지하고 있다는 것을 알 수 있다.

가치 있는 삶을 통해 아름다운 소통을 하고 싶다면 자선을 습관화하라.

자선은 사람들의 마음을 따뜻하게 하고 감동적이게 한다.
자선을 통해 인간관계의 폭을 넓히면 더한 행복으로 보람된 삶을 살게 된다.

프리허그는 인사와 같다

프리허그는 서양에서는 악수를 하는 것처럼 아주 자연스러운 일이다. 그런데 우리나라 사람들은 프리허그에 대한 인식이 자유롭지 못하다. 프리허그는 사랑하는 사람들끼리만 하는 '허그'로 아는 것 같다. 인식의 전환이 필요하다. 프리허그는 인사와 같은 것이다.

프리허그가 좋은 것은 그냥 하는 인사보다 더 친밀감을 느낄 수 있기 때문이다. 이런 친밀감은 서로를 더욱 가깝게 만들어 소통의 흐름을 자연스럽게 해줌으로써 인간관계에 큰 도움을 준다.

무슨 일이든 처음이 어려운 것이다. 처음을 잘 시작하면 자연스럽게 프리허그를 할 수 있다.

인간적인 교감을 느끼게 하는 프리허그를 통해 소통하라.

프리허그는 처음 얼마간 쑥스러움만 극복할 수 있다면 극도의 친밀감을 느끼게 하는
참 좋은 인사법이다. 프리허그를 습관화하라.

사람의 마음을 읽는 기술

좋은 인간관계를 맺고 싶다면 사람 마음을 잘 읽어야 한다. 그 사람이 무슨 생각을 하는지, 무엇을 바라는지, 무엇을 좋아하는지, 무엇을 싫어하는지에 대해 읽을 줄 알아야 한다.

그런데 여기서 한 가지 분명히 해야 할 것은 진정성이 있어야 한다는 것이다. 건성건성, 대충대충 상대를 대하는 것은 오히려 독이 된다. 성의가 없어 보이기 때문이다.

소통을 잘하는 사람들은 하나같이 사람의 마음을 잘 읽어낸다.

사람 마음을 잘 읽는 기술을 익혀야 한다. 사람 마음을 잘 읽어내는 것이야말로 인간관계를 능숙하게 하는 비법 중에 비법이다.

상대의 마음을 읽을 수만 있다면 상대가 무엇을 필요로 하는지
적극적으로 대처할 수 있다. 사람은 누구나 자신의 마음을 알아주는 사람에게
고마움을 느끼고 감동하게 된다. 그래서 그 사람과 좋은 관계를 맺길 바란다.

오픈 마인드로 자유롭게 소통하기

지혜로운 사람은 소통의 중요성을 잘 안다. 소통이 안 되면 인생이 막
힌다는 것을 알기 때문이다.

소통이 막히면 자신의 모든 인생도 막히게 되는 것이다. 소통을 잘하
는 사람들은 마음이 항상 오픈되어 있다. 오픈된 마음에는 막힘이 없
다. 무엇이든 받아들이려고 노력한다. 받아들일 것은 받아들이고, 아
닌 것은 슬기롭게 처신하면 된다.

하지만 혼자만의 생각에 갇힌 사람은 마음이 닫혀 있다. 그러다 보니
사사건건 소통에 문제를 일으킨다. 소통의 부재는 자신을 파멸시키는
독毒이다.

혼자만의 소통을 중단하고, 오픈 마인드로 자유롭게 소통하라.

열린 생각, 열린 마음은 인간관계를 매끄럽게 이어주는 윤활유와 같다.
인간관계를 잘하는 사람은 언제나 생각과 마음이 열려 있다.

센스는 매혹적인 소통이다

센스 있는 여성이 남성을 사로잡고, 센스 있는 남성이 여성을 사로잡는다. 센스는 어려운 상황에서 더욱 빛난다. 그것이 센스의 매력인 것이다. 그래서 예부터 센스 있는 사람이 분위기를 잘 이끌고, 그 모임의 리더가 되었다. 센스의 또 다른 이름은 기지機智이다.

지혜로운 자는 머리 회전만 빠른 게 아니다. 분위기 파악에 뛰어나고, 상황판단이 빠르다. 그래서 그때그때 적절하게 대응함으로써 위기를 넘기고, 어둠을 빛으로 만든다.

당신은 센스가 있다고 생각하는가. 그렇다면 당신은 소통을 잘할 것이다. 그러나 그렇지 않다면 소통의 어려움을 겪을 것이다. 센스를 길러라. 센스는 매혹적인 소통이다.

센스 있는 사람은 어디를 가든 외면당하지 않는다.
상황판단이 뛰어나 상황에 맞게 대처하는 능력이 좋아서다.
센스를 길러라. 센스는 매혹적인 소통이다.

자신을 포장하지 말고 있는 그대로 보여주기

진정성 있는 사람과 없는 사람의 차이는 무엇일까?

진정성이 있는 사람은 소통에 문제가 없고, 진정성이 없는 사람은 소통에 문제가 많다. 소통에 문제가 많다는 것은 순전히 자신의 잘못이다. 남을 탓해 봤자 돌아오는 것은 싸늘한 시선이다.

거짓 없는 마음이 진정성을 갖게 한다. 그래서 소통을 잘 하는 사람들은 대개 거짓이 없다. 있는 그대로 자신을 보여준다.

자신을 절대 포장하지 말고, 억지로 내세우지 마라. 이는 소통을 방해하는 방해꾼일 뿐이다.

진정성이 있는 사람은 자신을 포장하지 않는다. 부끄러움을 느끼지 않기 때문이다.
그러나 진정성이 없는 사람은 자신을 자꾸만 포장하려고 한다.
자신의 허점이 노출될까 염려해서다.

원칙과 믿음을 반드시 준수하기

원칙과 믿음은 반드시 지켜야 한다. 원칙과 믿음이 깨지면 혼란스러워 지고, 소통에 제동이 걸리기 때문이다. 소통에 제동이 걸리면 사회의 흐름이 막히고, 인간관계가 단절된다.

원칙과 믿음을 지키기 위해 어떻게 해야 할까.

첫째, 어떤 경우에도 원칙을 깨는 일은 없어야 한다. 원칙을 깨는 순간 사람들로부터 신뢰를 잃게 된다.

둘째, 어떤 경우에도 믿음을 꼭 지켜야 한다. 믿음에 불신이 가면 그 어떤 말도 불신을 사게 된다.

셋째, 원칙과 믿음은 소통하는 데 있어 반드시 지켜야 할 규칙이다. 이 규칙이 깨지는 순간 소통도 끊기고 만다.

원칙과 믿음은 인간관계에서 반드시 지켜야 할 규칙이자 소통의 필수 요소이다.
어떤 상황에서도 원칙과 믿음은 반드시 준수되어야 한다.

격려는 긍정의 포인트이다

사람들은 자신이 잘못을 하면 그에 대한 대가를 받는다고 생각한다. 그래서 의기소침해 하고, 앞으로의 일에 대해 두려워한다. 그런데 이때 따뜻한 말로 격려하면 긍정의 마음으로 바뀐다. 그리고 자신의 잘못을 만회하려고 노력함으로써 좋은 결과를 얻게 되는 것을 종종 목격하게 된다.

격려는 부정의 마인드를 긍정의 마인드로 변화시킨다. 그래서 할 수 없을 것만 같았던 것도 능히 해내게 한다.

자신이 아끼는 사람이 잘못을 했을 때 나무라는 것도 좋겠지만, 격려함으로써 충분히 좋은 결과를 얻을 수 있다.

격려는 인간관계를 더욱 끈끈하게 맺어주는 긍정의 포인트이다.

힘들어하는 사람에게 격려만큼 좋은 것은 없다.
풀이 죽어있던 사람도 격려를 하면 다시 생생하게 되살아난다.

꿈의 메신저, 존경하는 사람

자신이 존경하는 사람은 가장 훌륭한 꿈의 메신저이다. 꿈의 메신저의 마음을 산다는 것은 쉽지 않다. 그들의 마음을 사는 데는 확실한 그 무엇이 있어야 한다.

다음은 존경하는 이의 마음을 사는 방법이다.

첫째, 자신의 진정성을 보여 주어라. 진정성은 존경하는 이의 마음을 사는 가장 확실한 방법이다.

둘째, 꿈의 소통이 이루어지도록 많이 읽고 가슴에 새겨라. 노력하지 않는 자는 결코 그의 마음을 살 수 없다.

셋째, 그에 대해 정중한 예의를 갖고 대하라. 정중한 예의는 존경심을 뜻하는 것이므로 그의 마음을 사기에 부족함이 없다.

넷째, 경거망동하지 말고 심사숙고하는 모습을 보여라. 신중함은 존경하는 이에게 믿음을 주는 좋은 자세이다.

사람들은 대개 자신이 존경하는 사람처럼 되기를 바란다.
그가 자신에게 가장 이상적인 사람이라고 생각하기 때문이다.

취해야 할 사람과 버려야 할 사람

살다 보면 취해야 할 사람이 있고, 버려야 할 사람이 있다.

취해야 할 사람은 첫째, 상황이 최악으로 변해도 언제나 변함없이 자신을 대하는 사람이다. 이런 사람은 인생의 보석이다. 둘째, 말과 행동이 언제나 진지하고 막힘이 없는 사람은 지혜가 있어 내가 어려울 때 빛과 소금 같은 사람이다. 이런 사람은 반드시 곁에 두어라. 셋째, 어려울 때 힘이 되어 주는 사람은 '라이프 뱅크' 같은 사람이다. 이런 사람은 꼭 곁에 두어라. 넷째, 무슨 말이든 터놓고 얘기할 수 있는 사람은 마음의 위안을 준다. 이런 사람은 마음을 정화하기에 좋은 사람이다.

버려야 할 사람은 첫째, 어긋난 톱니바퀴와 같이 나와 마음이 맞지 않는 사람이다. 이런 사람은 여차하면 상처를 주고 피해를 준다. 이런 사람은 버리는 것이 좋다. 둘째, 상황에 따라 말과 행동이 다른 사람을 경계하라. 이런 사람은 자신의 유익을 위해서라면 어떤 일도 할 수 있는 사람이다. 셋째, 입이 가볍고 행동이 가벼운 사람을 멀리하라. 이런 사람은 잘못된 말과 행동으로 당신을 난처하게 할지도 모른다. 넷째, 함부로 말하고 행동하는 사람은 멀리하라. 이런 사람은 마음의 상처를 밥먹듯이 주는 사람이다. 반드시 버려야 화가 없다.

인간관계는 단순한 것 같지만 가장 힘들고 미묘하다.
인간관계를 좋게 이어가기 위해서는 반드시 취해야 할 사람과
버려야 할 사람을 분명히 해야 한다.

유머의 매력, 분위기 메이커

유머를 잘 날리는 사람은 분위기를 활기차게 만든다. 유머가 뛰어난 사람은 분위기 메이커다. 이런 사람은 어디를 가든 환영을 받는다. 그와 같이 있으면 즐겁기 때문이다.

유머를 잘해 뺨 맞는 법은 없다. 오히려 기분 좋은 박수를 받는다. 그만큼 유머는 인간관계에서 매우 중요한 소통의 수단이다.

자신을 한번 가만히 생각해보라. 내가 소통을 잘하는 사람인가, 아니면 소통에 문제가 있는가를.

만일 소통에 문제가 있다면 하루 빨리 문제를 개선해야 한다. 그렇지 않으면 남에게 뒤처지게 된다. 소통의 문제를 해결하는 비책으로 유머 감각을 길러라. 유머가 자신을 새롭게 변화시켜 줄 것이다.

유머가 뛰어난 사람은 어딜 가든 막힘이 없다.
뛰어난 유머로 사람들의 관심을 집중시키는 까닭이다.
유머는 그 자체만으로도 뛰어난 화술이다.

끈끈한 인간애를 기르기

요즘 사회를 한 마디로 표현한다면 '소셜 네트워크 서비스SNS 시대'라고 할 수 있다. 인류 역사 이래 요즘처럼 다양한 소통수단이 있었던 적은 단 한 번도 없었다. 하지만 아이러니하게도 현대인들은 소통의 부재를 호소한다.

왜 그럴까. 그것은 인간과 인간 간에 호흡을 느끼는 소통이 아니라, 무선으로 또는 유선으로 이루어지는 기계적인 소통이기 때문이다.

기계적인 소통의 수단은 생활의 편리함을 주고 속도감을 높여주었지만, 끈끈한 인간애를 빼앗아 가버렸다. 이것이 다양한 소통의 수단이 넘치는 요즘 현대인들이 소통의 부재를 호소하는 이유이다.

헨리 포드가 탁월한 경영인 될 수 있었던 것은 따뜻한 인간애적인 소통에 있었던 것이다.

소통의 수단이 차고 넘치는 시대에 소통의 부재를 느낀다는 것은
아이러니가 아닐 수 없다. 기계적인 소통이 아무리 좋아도
끈끈한 인간애적인 소통을 능가하기란 불가능하기 때문이다.

지독한 모순, 편견을 버리기

어느 해 겨울, 앙상한 겨울나무를 바라보고 있던 중 문득 이런 생각을 하게 되었다. 앙상한 나뭇가지 사이에 걸쳐져 있는 까치집이 너무 위태롭게 보여 '까치집이 무너지지 않을까' 하고 말이다.

그런데 겨울이 지나도록 아무 일도 없었다. 봄이 되자 까치는 새끼를 치기 시작했다.

내 생각은 편견에 불과했던 것이다.

인간의 관점에서 볼 때 엉성한 까치집은 위험해 보인다. 그러나 까치의 관점에서 볼 땐 전혀 위험하지 않다. 인간의 관점에서 본 내가 편견의 위험성에 빠져있었던 거다.

편견을 버리려면 색안경을 벗고 보아야 한다. 또한 자신의 관점에서만 생각하는 것도 버려야 한다. 이러한 태도가 지독한 모순인 편견을 갖게 하는 것이다.

편견은 소통을 가로막는 불통의 벽이다.
원만한 인간관계를 갖기 위해서는 반드시 편견의 그늘에서 벗어나야 한다.

인간관계의 법칙

나와 너의
인간관계 법칙을 활용하라.
'나와 너의 인간관계의 법칙'이란
삶에 있어 서로가 서로에게
의미 있는 역할 관계를 말한다.
이때 중요한 것은 상대방에게
좋은 인상을 심어 주어야 한다는 것이다.
그렇지 않다면
어느 누구도 자신에게
깊은 관심을 기울이지 않을 것이다.

인간은 인간과의 관계를 통해서만이 자신이 원하는 것을 얻게 된다.
인간관계를 잘 하게 되면 자신이 원하는 것을 얻되, 그렇지 않으면 얻을 수 없다.
인간은 인간을 떠나서는 살 수 없는 존재이기 때문이다.

인간의 본성, 사랑하는 마음

사랑하는 마음은
인간의 본성 중 가장 근본적이고,
가장 이상적인 마음이다.
사랑하는 마음은 용서와 화해,
배려와 격려, 헌신과 봉사의 마음이다.
인간답게 살고 싶다면

먼저,
사랑을 실천하는 자세부터 배워야 한다.

사랑받고 싶다면 사랑하라, 그리고 사랑스럽게 행동하라.

_벤저민 프랭클린

배려는 감동의 매직

작은 선행을 베풀어도 그것이 다른 사람에게 얼마나 큰 도움이 될지를 상상하기란 참 어렵다. 왜냐하면 작은 일엔 아무도 관심을 기울이려고 하지 않기 때문이다.

그러나 이에 대한 생각을 바꿔야 한다. 작은 일도 누군가에게는 목숨처럼 절박할 수도 있다. 이를 잘 아는 사람은 타인에 대한 배려심이 좋다. 작은 일은 작다고 지나치지 말고, 관심을 기울이는 일에 소홀히 하지 마라. 자신의 작은 배려로 인해 누군가가 큰 도움을 받는다는 것을 꼭 기억할 필요가 있다. 작은 배려도 사랑과 관심에서 오는 것이기 때문이다.

배려도 습관이다. 배려를 습관화하라.

따뜻한 배려는 상대의 마음을 감동으로 이끈다.
배려는 상대에 대한 관심과 사랑의 표현이기 때문이다.

가르침을 주는 자와 가르침을 받는 자

'배우지 않는 자를 경계하라'는 말이 있다. 이는 배움의 소중함을 단적으로 알게 한다. 그렇다면 가르치는 일은 어떠한가.

당연히 귀하고 엄숙한 일이다. 누구의 인생이든 가르침에서 오고, 가르침에 따라 살아가는 것이기 때문이다.

"더러워서 선생 못해먹겠어. 그만두든지 해야지."

요즘 교사들이 흔히 하는 말이다. 그만큼 가르치는 일이 힘들고 벅차다는 것이다. 물론 가르치는 일은 힘들다. 그런데 이들이 힘들어 하는 것은 가르치는 일보다 학생들의 태도에 있다. 교사에게 주먹을 휘두르고, 욕을 하고, 인격을 모독하는 등 해서는 안 될 일에 비분강개하는 것이다.

가르침의 소통이 잘 이루어지지 않는 까닭이다. 가르침의 소통은 인생을 바꾸는 일이다. 가르침을 주는 자와 가르침을 받는 자는 이를 각별히 명심하고 자신의 역할에 성의를 다해야 한다.

누군가에게 가르침을 주는 것은 무지로부터 벗어나게 하는 매우 숭고한 일이다.
이는 가르치는 즐거움을 느껴 본 사람만이 알 수 있다.

타인에게 관대하고 자신에게 엄정하라

보통 사람들은 자신에게 관대하고 타인에게 엄정하다. 이는 자신의 잘못에 대해 대수롭지 않게 생각하기 때문이다.

하지만 공자孔子는 자신에게 엄정하고 타인에게 관대하라고 말했다. 자신에게 엄격하고 타인에게 관대해야 세상을 바른 눈으로 바라보게 된다는 것이다. 그래서 자신에게 엄정한 사람은 실수가 적고 흐트러짐이 없는 법이다.

다른 사람의 잘못은 마땅히 용서해야 하지만 자신의 과오를 용서해서는 안 된다.
나의 괴로움은 마땅히 참아야 되지만 다른 사람의 괴로움은 참아서는 안 된다.

_《채근담》

Chapter 3

나를 풍요롭게 하는
사색의 잠언

매사를 세심히 살펴보고, 독서를 즐거하라.
그것이 곧 자신이 발전하는 데 있어
디딤돌이 되기 때문이다.

누군가에게 필요한 인생

"우리는 전에 없었던 것을 꿈꿀 수 있는 사람들을 필요로 한다."
이는 미국 제35대 대통령인 존 F. 케네디John F. Kennedy가 한 말이다. '뉴
프런티어New Frontier' 정책을 내세워 세계 냉전 해소에 지대한 영향을
끼쳤던 그는 새로운 변화를 리드하여 미국의 영향력을 극대화한 대통
령으로 미국 국민의 열렬한 지지를 받았다.
케네디의 말처럼 누군가에게 필요한 인생이 되어야 한다. 그러기 위해
서는 생각의 근육을 키워야 한다. 생각의 근육은 새로운 변화를 리드
하는 '마인드 체인지 키'이다.

누군가에게 필요한 인생이 된다는 것은 삶을 잘 살고 있다는 방증이다.
그러나 삶을 엉망으로 사는 사람은 스스로에게도 짐이 될 뿐이다.

즐거운 마음으로 일하는 사람

마음이 즐거우면 삶이 즐겁다. 삶이 즐거우면 행복하다. 행복한 마음은 모든 것을 긍정적으로 바라보게 하고, 성공적인 결과를 이끌어낸다. 마음을 즐겁게 하라. 마음이 즐거우면 창조적 에너지가 넘친다.

"나는 일생 동안 하루도 일을 안 한 적이 없다. 왜냐하면 모두가 즐거운 위안이었기 때문이다."

위대한 발명가 토마스 에디슨Thomas Edison의 말이다. 에디슨이 천 가지가 넘는 발명품을 만들어 낼 수 있었던 힘은 즐거운 마음으로 일하는 거였다. 그랬기에 창조적 에너지가 넘쳐나 인류에게 빛과 같은 인생으로 남을 수 있었다.

아무리 힘들고 고통스러워도 마음을 즐겁게 하라. 즐겁게 일하면 즐거운 인생이 될 수 있다.

즐거운 마음으로 일하는 사람은 창조적인 에너지가 넘친다.
그래서 즐겁게 일하는 사람이 성과가 좋은 것이다.

지금을 점검하라

자동차는
수시로 점검을 해야 한다.
엔진 오일은 충분한지,
브레이크는 이상이 없는지.
그래야 사고를 예방할 수 있다.
우리의 삶도 마찬가지다.
자신이 지금 잘 하고 있는지를
수시로 살펴야 실수가 없고,
현재를 잘 헤쳐나갈 수 있다.

현재는 매우 중요하다.
현재를 잘산다는 것은 미래를 잘 살아갈 수 있다는 것을 의미하기 때문이다.
현재를 살아라. 강한 의지로 악착같이 현재를 살아가라.

꿈을 향해 달려가는 열정의 전차

열정이란 뜨거운 마음에서 온다. 무언가를 이루고 싶은 강렬한 욕망, 그 간절함이 열정의 불꽃을 피우게 한다. 모든 인생의 승리자들은 하나같이 열정의 전차이다. 가슴 가득 열정을 품고 자신의 꿈을 향해 달려가는 열정의 전차, 아 생각만으로도 멋지지 않은가.

"인생을 바꾸고 싶다면 즉시 시작하라. 그리고 최대한 화려하게 실행하라. 예외는 없다."

《들뢰즈의 차이와 반복-해설과 비판》의 저자이자 영국 던디대학교 철학교수인 제임스 윌리엄스James Williams의 말이다.

그렇다. 지금의 내가 빛나는 내가 되기 위해서는 머뭇거려서는 안 된다. 마음먹은 일은 즉시 시도하고 이왕이면 멋지게 실행해야 한다.

삶은 가만히 있는 자에겐 그 어떤 것도 주지 않는다. 날마다 뜨거운 가슴으로 오늘을 살아야 한다. 그러면 바라는 것을 분명히 얻게 될 것이다.

가만히 있는 자에게 아무것도 주지 않는 것이 삶의 법칙이다.
하지만 열정으로 꿈을 향해 달려가는 자에게는 꿈을 이루게 하는 것 또한
삶의 법칙이다. 어느 쪽을 택할 것인가는 오직 자신에게 달려 있다.

절대적인 의지, 포기하지 않는 힘

"절대로 포기하지 말라는 말만큼 오랜 세월 우리의 마음속에 절실하게
들리는 말이 또 어디 있는가?"

이는 영국의 극작가이자 시인인 마틴 튜퍼Martin Tupper의 말이다.

그렇다. 절대로 포기하지 않는 힘, 이 힘이야말로 모든 것을 가능하게
하는 절대적인 의지이다.

무엇을 이루고 싶은 간절한 욕망이 있다면 강철 같은 의지로 도전하라.
강철 의지의 도전이야말로 꿈을 이루는 필수 비타민과 같은 것이다.

절대적인 의지인 포기하지 않는 힘만 있다면, 무엇이든 이룰 수 있다.
하지만 이를 잃는다면 그 어떤 것도 이룰 수 없다.

인간의 본성을 속박하는 욕망 버리기

인간의 참된 자유를 가로막는 것은
물질에 대한 끝없는 욕망이다.
물질의 욕망이 인간의 마음을 어둡게 하고,
인간의 본성을 속박한다.
진정한 자유인이 되길 원한다면
물질의 욕망으로부터 벗어나야 한다.
무소유의 마음이 진정한 자유이다.

물질의 욕망은 아주 자연스러운 것이지만
지나치게 되면 문제를 야기하게 된다.
물질의 욕망을 갖되 지나친 욕망은 삼가라.
자신에게 필요한 만큼의 물질에 대해 욕망하라.

희망을 이끌어내는 에너지

"이 세상에 존재하는 모든 사람, 장소, 사물, 생각, 사건들은 당신이 꿈꾸는 완전한 삶을 이루는 데 꼭 필요한 부분들이다. 역경 속에는 반드시 숨겨진 축복이 들어있고, 일 보 후퇴는 새로운 도약을 위한 준비이다. 이것이 바로 감사이다."

《최고들이 사는 법》,《사랑에 대해 우리가 정말 모르는 것들》의 저자이자 자기계발 컨설턴트이며 의사인 존 디마티니John Demartini의 말이다.

존 디마티니의 말에 전적으로 동의한다. 그 또한 가난한 어린 시절을 보냈으며, 19세 때에는 마약에 중독되어 심한 금단현상을 겪었다. 그랬던 그가《철인들의 삶》이란 책을 읽고 나서 삶의 변화를 일으키기 시작했다. 그는 성공한 인물들의 목록을 만들어 그에 대한 책들을 섭렵하고 큰 감동과 함께 자기계발 전문가의 꿈을 갖게 되었다. 그는 대학에 진학하여 박사학위를 취득하고 의사가 되었으며 마침내 자신의 꿈을 이루어냈다. 그가 꿈을 이루는 데 있어 가장 큰 힘이 되었던 것은 매사에 감사하는 마음이다. 감사하는 마음은 그에게 긍정의 에너지를 주었고, 그로 인해 감사하며 사는 인생이 되었다.

감사는 감사할 때만이 아니라 힘들고 어려울 때도 해야 한다. 매사에 감사하는 것이야말로 희망을 이끌어내는 에너지이다.

감사하면 마음에 기쁨이 넘친다. 그래서 감사의 소중함을 아는 사람은
감사한 일에도 감사하고, 힘들고 어려울 때도 불평불만 대신 감사를 한다.

감사하고 감사하라

사랑하는
가족이 있음을 감사하라.
몸과 마음을 편히 쉴 수 있는
집이 있음을 감사하라.
일할 수 있는
직장이 있음을 감사하라.

감사는 가장 아름다운 긍정의 에너지이다.
감사를 잘 하는 사람이 삶을 잘 살아가는 것은 긍정의 에너지가
그를 감싸주기 때문이다. 감사는 긍정의 힘이다.

품격 있는 사람

품격이 있는 사람은
마음 씀씀이와 행동거지가 다르다.
타인에게 배려하고, 양보 잘하고,
예의가 바르고, 사람의 향기가 난다.
품격 있는 사람이 돼라.
품격 있는 사람이 인생의 VIP이다.

예의가 바른 사람은 보는 것만으로도 보기가 좋다. 예의가 바른 사람에
신뢰를 갖게 하고 믿음을 주는 것은 반듯한 품성을 가졌기 때문이다.

길을 찾아도 없으면 길을 만들면 된다

모든 것이 갖춰진 상태에서도 성공한다는 것은 쉽지 않다. 그러기에 아무것도 갖춰지지 않은 상태에서의 성공은 더욱 값지다.

지금 내 손에 아무것도 들려있지 않다고 해도 결코 기죽지 마라. 무에서 유를 창조하겠다는 강한 의지를 갖고 꾸준히 노력하면, 성공의 기회는 반드시 온다.

'길이 없으면 길을 찾고 찾아도 없으면 길을 만들어라.'

그렇다. 찾아도 없으면 만들면 된다. 그것이야말로 무에서 유를 창조하는 가장 기본적이고 가장 비범한 성공의 비결이다.

다 갖춰진 상태에서는 쉽게 꿈에 도전할 수 있다.
그러나 아무것도 없는 상태에서는 쉽지 않다.
가진 게 없어도 꿈을 이룬 사람들의
공통점은 꿈의 길을 찾아도 없으면 꿈의 길을 만들어서 갔다.
꿈을 이루는 최선의 비결은 꿈의 길을 만들어 나가는 것이다.

생각은 창조의 자궁이다

사색에 잠긴 사람의 모습은 아름답다. 사색은 그 사람을 때로는 사상가로 만들고, 철학자가 되게 한다.

생각하는 힘은 모든 창조의 근원이다. 생각하지 않는데 어떻게 책을 쓰고, 발명을 하고, 새로운 제품을 만들어 낼 수 있는가. 생각이 막히는 순간 그 사람의 생명도 끝나고 마는 것이다.

삶의 이치가 이러한데도 생각할 줄 모르는 사람들이 많은 것 같다. 마치 오늘만 있고 내일이 없는 것처럼 행동하는 사람들도 있다. 이는 스스로를 병들게 하고 무기력한 존재가 되게 하는 병폐이다.

인생을 풍미했던 이들의 공통점은 끊임없이 생각하고 생각했다는 것이다. 그들은 똑똑하게도 생각이 창조의 자궁이라는 걸 알았던 것이다. 오늘과 다른 내일을 살고 싶다면 끊임없이 생각하고 생각하라.

이 세상에 존재하는 모든 것들은 생각에서 왔다. 생각함으로써 새로운 생각을 만들어 내고, 그것은 또다시 새로운 것들을 창조해낸다. 생각은 창조의 근원이다.

벤저민 프랭클린의 시간 사용법

"같이 출발했는데 세월이 지난 뒤에 보면 어떤 사람은 성공하고 어떤 사람은 낙오자가 되어 있다. 이 두 사람의 거리는 좀처럼 접근할 수 없는 것이 되어 버렸다. 이는 하루하루 주어진 자신의 시간을 잘 활용했느냐 못했느냐에 달린 결과이다."

벤저민 프랭클린의 말이다.

그렇다. 정곡을 찌르는 정문일침과도 같다. 즉 시간 사용을 잘 하라는 말이다. 작은 성공이든 큰 성공이든 성공한 자들은 시간을 허투루 쓰는 것을 용납하지 않았다. 그것은 자신의 인생을 망치는 일이라고 믿었다.

시간을 금쪽같이 여겨라. 시간을 잘 쓰는 자에게 더 많은 기회가 주어진다는 것을 잊지 마라.

벤저민 프랭클린은 시간을 잘 사용한 것으로 유명하다.
그의 성공은 시간 사용에 있었다. 시간 사용법을 잘 활용하라.

인생이란 다이아몬드를 연마하기

사람은 누구나 세공되지 않은
인생의 다이아몬드이다.
어떻게 세공을 하느냐에 따라
가치가 달라지는
다이아몬드 광석처럼 인생 또한
어떻게 연마하느냐에 따라
인생의 가치가 달라진다.

사람은 누구나 삶의 원석이다. 어떻게 자신을 갈고 닦느냐에 따라
품격 있는 인생이 될 수 있고, 허접한 인생이 될 수도 있다.
인생의 다이아몬드가 되는 것, 그것이 자신의 인생을 최선이 되게 한다.

의미 있는 인생으로 사는 법

맑은 날처럼
밝은 마음으로 살아간다면
누구에게나
의미 있는 인생이 될 수 있다.

누군가에게 의미 있는 인생이 된다는 것은 그 누군가는 물론 자신에게도
보석 같은 일이다. 누군가의 인생에 꿈이 되고 기쁨이 된다는 것은
자신을 의미 있는 인생이 되게 하는 복된 일이다.

삶을 세공細工하기

돌을 그 자체 그대로 두면 그것은 단지 돌일 뿐이다. 그러나 그 돌을 탑을 쌓는 데 쓰면 더 이상 돌이 아니라 탑이 된다. 조개껍데기를 그대로 두면 조개껍데기일 뿐이지만, 그것을 세공하면 나전칠기의 멋진 장식품이 되기도 한다.

삶 또한 그러하다. 자신에게 주어진 삶을 어떻게 세공하느냐에 따라 자신의 인생을 가치 있게 살게 되기도 하고, 그와 정반대의 인생을 살게 된다. 자신의 삶을 가치 있게 세공하는 그대가 돼라.

같은 사람도 어떻게 삶을 세공하느냐에 따라 성공한 인생이 될 수도 있고,
실패한 인생이 될 수 있다. 모든 인생은 삶을 어떻게 세공하느냐에 따라 결정된다.

악덕

작은 티를 떼어내며 알았다.
누군가의 삶에
무게를 지운다는 것은
지독한 악덕惡德이라는 것을.

타인의 인생에 긍정적으로 작용하면 덕이 된다.
그러나 부정적으로 작용하면
악덕이 된다. 악덕은 타인에게도 자신에게도
악영향을 끼치는 삶의 방해꾼이다.

인생의 장애물을 걷어내기

인생을 살다 보면 많은 어려움을 만나게 된다. 가난, 시련, 상실에서 오는 고통, 고독 등이 그것이다. 지나친 욕망, 지나친 음주, 분수를 망각한 행동 또한 인생의 장애물이다.

인생의 장애물을 극복하지 못하면 제대로 된 삶을 살기가 힘들다. 장애물이 의지를 꺾어버리기 때문이다. 만족한 삶을 살기 위해서는 인생의 장애물을 반드시 걷어내야 한다. 장애물을 걷어내기 위해서는 결단과 인내가 필요하다. 인생의 장애물을 걷어내고 행복한 승리자가 돼라.

참 좋은 인생을 방해하는 음주, 경거망동, 오만불손, 지나친 욕망, 상실에서 오는
고통 등 인생의 장애물을 걷어내야 한다. 인생의 장애물 사이에 갇히는 순간
쓰라린 인생을 면치 못한다.

명철한 역사관을 기르기

젊음은 인생의 푸른 강물과도 같다. 가슴은 뜨겁고 도전 정신이 그 어느 때보다 강한 시기이다. 이런 시기에 명철한 역사관을 갖는다는 것은 참 중요하다. 역사관은 강한 민족애와 조국애를 갖게 하는 뿌리이다. 뿌리가 튼튼한 나무들이 쑥쑥 자라나 이 강산을 푸르게 하듯, 역사관이 뚜렷할 때 민족애와 조국애를 가진 독립된 인격체로서 성장하는 것이다.

역사관이 튼튼해야 국가와 사회, 가정이 튼실하게 성장한다. 이에 보다 더 명철한 역사관을 가져야겠다. 그러기 위해서는 역사서를 열독하고, 고전문학과 전통문화에 관심을 갖고 틈틈이 공부하는 시간을 가져야 한다.

역사관이 뚜렷해야 강한 조국애와 민족애를 갖게 된다.
강한 조국애와 민족애는 한 사람의 국민으로서
반드시 가져야 할 권리이자 의무이다.

의식의 힘

'의식의 힘'은
어떤 상황에서도
자신을 올곧게 하는
삶의 중심축과 같다.
중심축이 흔들리거나
쓰러지지 않게
단단히 해야 한다.

의식이 있는 사람이 되느냐, 의식이 없는 사람이 되느냐는 오직 자신에게 달려있다.
의식 있는 사람이 되기 위해서는 생각이 깨어있어야 한다.
생각이 깨어있어야 매사에 의식 있게 말하고 행동하기 때문이다.

인생의 귀한 손님, 아름다운 사랑

이기적인 마음을 갖고 사랑한다는 것은 매우 잘못된 일이다. 이기적인 마음은 상대에게 아픔을 주고, 슬픔을 준다. 이기적인 사람이 사랑에 실패를 많이 하는 것은 자신의 이기심을 이기지 못하기 때문이다.

진정한 사랑을 통해 아름다운 행복을 원한다면 자신의 이기심을 버려야 한다. 좋은 것은 상대에게 양보하고, 힘든 일이 생기면 앞장서서 해결하려는 의지를 적극적으로 보여주어야 한다. 그렇게 될 때 상대는 믿음을 갖게 되고 자신 역시 최선의 사랑을 보여주려고 노력할 것이다.

그렇다면 이기심을 버리기 위해서는 어떻게 해야 할까. 그것은 쉽지 않다. 마음속에서 욕심을 버려야만 할 수 있는 일이기 때문이다. 이기심을 버리기 위해서는 자신을 넘어서야 한다.

아름다운 사랑은 저절로 이루어지지 않는다. 자신의 이기심을 버려야만 얻게 되는 인생의 귀한 손님이다. 인생의 귀한 손님인 아름다운 사랑을 아무 노력도 없이 맞이할 순 없다. 아름다운 사랑은 노력하는 자만이 차지할 수 있다.

인생의 귀한 손님인 아름다운 사랑을 맞아들이기 위해서는 사랑하는 이를
내 몸처럼 아끼고, 아낌없는 사랑을 주어야 한다. 부족함 없는 사랑이 사랑하는 이를
감동시킴으로써 최선의 사랑 즉, 아름다운 사랑으로 변화하는 것이다.

창조적 멀티형 인간

탈무드적 인간에게는 몇 가지 특징이 있다.

첫째, 공기인간이다. 둘째, 배움을 매우 중시했다. 셋째, 창조적 세계관을 가졌다. 넷째, 낙천적인 인생관을 지녔다. 다섯째, 합리적인 인간관을 지녔다.

유대인들이 전 세계적으로 가장 우수한 민족이 될 수 있었던 것은 이 다섯 가지 조건을 갖춘 탈무드적 인간 즉, 창조적 멀티형 인간이기 때문이다.

21세기는 점점 더 다양한 능력을 요구하고 있다. 이런 다양성에 맞는 능력을 갖추기 위해서는 그에 맞는 노력을 해야 한다. 창조적 멀티형 인간은 바로 21세기가 요구하는 미래형 인간이기 때문이다.

미래가 요구하는 인간형은 창조적 멀티형 인간이다.
다양화된 사회에 가장 잘 맞는 인간형이 창조적 멀티형 인간이기 때문이다.

자기 희생이 필요한 이유

자기 희생이
자신을 행복하고
가치 있는 인생이
되게 하는 것이다.

자신의 인생을 값지게 사는 사람들은 대개 자기 희생자이다.
자신을 위해 자기를 희생시킬 때 가치 있는 인생으로 살아가게 되기 때문이다.
가만히 있거나 노력하지 않는 자가 무가치하게 사는 건
자기 희생을 하지 않는 까닭이다.

걱정은 나쁜 짐승이다

"걱정은 내일의 슬픔을 덜어주는 것이 아니라 오늘의 힘을 앗아갈 뿐이다."

《크리스마스 메모리》,《놀라운 사랑》,《주님을 위한 순례자》의 저자이자 하나님의 사랑을 전하는 메신저인 코리 텐 붐Corrie Ten Boom의 말처럼 걱정이란 나쁜 짐승과도 같다. 걱정이란 짐승이 마음의 문을 열고 들어오지 못하도록 걱정의 굴레로부터 벗어나야 한다.

걱정이란 짐승을 몰아내는 가장 좋은 방법은 매사를 긍정적으로 생각하고 행동하는 것이다.

걱정은 백해무익한 인간의 적이다.

희망을 품고 희망을 향해 씩씩하게 나아가라. 걱정은 희망으로 무장하고 거칠 것 없는 당당한 사람에게는 맥을 추지 못한다.

걱정은 충분히 할 수 있는 것도 못하게 만드는 방해꾼이다.
걱정은 백해무익한 긍정의 적이다. 걱정이란 우물에 빠지지 마라.

배움은 나눌 때 가치를 지닌다

자신 혼자만의 앎은 의미가 없다. 앎의 의미가 없다는 것은 인간과 인간관계의 단절을 뜻한다. 진정으로 안다는 것은 자신의 앎을 타인들에게 나누어 줄 때 성립되는 것이다.

상식을 풍부하게 한다는 것은 많은 교류의 기회를 갖게 하는 좋은 수단이다. 특히, 사회의 첫발을 내딛는 젊은이들이 폭넓은 상식을 갖춘다면 다양한 기회를 맞이하게 될 것이다.

자신의 풍요로운 삶을 위해서라면 많은 상식을 쌓는 일에 게으름이 없어야 하며, 앎을 나누는 일에도 인색하지 않아야 한다.

자신 혼자만의 앎은 자신 혼자만으로 끝나지만 앎을 나누면 큰 가치를 지닌다.
배움은 나누는 것이다. 배워서 남을 주는 인생이 돼라.

세상이 원하는 사람

자신에게 진실한 사람은
모두에게 진실하지만,
자신에게 불성실한 사람은
모두에게 불성실하다.
세상은 자신에게 진실한 사람을 원한다.
그 어떤 시련 앞에서도 진실을 버리지 마라.

자신에게 진실한 사람은 어디를 가든 환영을 받는다. 거짓이 없다는 것은
그 마음이 맑고 깨끗하다는 방증이며, 진실한 사람은
하나같이 마음이 맑고 깨끗하다. 자신에게 진실하라. 진실은 언제나 투명하다.

선행의 가치

선행은 자신의 존재 가치를
환기시키는 일이다.
즉, 내가 이 땅에 있는 존재로서의 가치를
스스로 확인하는 행위인 것이다.
또한 나아가 선행은 덕을 쌓는 일이다.
덕이란 곧 한 인간에 대한
내밀한 가치적 평가이다.

선행은 가장 아름다운 미덕이다.
선을 행한다는 것은 모두를 행하는 것과 같다.
선을 행하는 사람은 모든 것을 행한다고 말해도 좋다.
선행은 그만큼 가치 있는 일이기 때문이다.

마음속에서 만족을 얻는 행복

"사람들은 행복을 찾아 세상을 헤맨다. 그런데 행복은 누구의 손에든지 잡힐 만한 곳에 있다. 그러나 마음속에 만족을 얻지 못하면 행복을 얻을 수 없다."

고대 그리스 시인 호라티우스Horatius의 말이다.

아무리 돈이 많아도 불행하다고 여기는 사람은 항상 자신을 불행하다고 여긴다. 그러나 아무리 돈이 없어도 자신을 행복하다고 믿는 사람은 항상 자신을 행복하다고 여긴다.

이렇게 생각하는 이유는 스스로 만족하느냐 못하느냐에 있다. 스스로 만족할 줄 알면 아무리 극한 상황에서도 좌절하지 않는다. 스스로 극복할 수 있다고 믿기 때문이다. 하지만 스스로 만족할 줄 모르면 그 어떤 상황에서도 자신을 불행하다고 여긴다.

스스로 만족할 줄 아는 마음은 인생을 살아가는 데 있어 매우 중요하다. 왜냐하면 그런 사람은 최악의 상황에서도 자신을 극복하기 위해 최선을 다하기 때문이다.

또 나아가 만족할 줄 아는 행복을 느끼기 위해서는 남보다 나은 것에서 행복을 찾으려는 마음을 버려야 한다. 남보다 나은 것에서 행복을 찾는다는 것은 어리석은 일이다. 누구나 남보다 한두 가지 나은 점이 있지만 열 가지가 남보다 뛰어난 사람은 없다. 그런 까닭에 남과 비교하지 말고 스스로 만족할 줄 아는 마음을 기른다면 어떤 상황에서도 자신을 행복하게 할 수 있다.

아무리 물질이 풍요로워도
마음속에서 만족하지 않으면 행복이 아니다.
그러나 가진 것이 없어도
마음속에서 만족하면 그것이 행복이다.

목표와 실천

목표가
완성작
이라면
실천은
스케치
한 것에
물감을
칠하는
것이다.

목표를 이루기 위해서는 목표에 대한 구상을 하고,
그 구상에 맞게 실행에 옮겨야 한다.
마치 그림을 그릴 때 밑그림을 그리고 물감을 칠하듯이
철저하게 해 나갈 때 목표는 이루어지게 된다.

경험은 인생의 살아있는 교과서다

이 세상은 다양한 경험들의 조합으로 존재한다고 해도 과언이 아니다. 다시 말해 경험 없이 존재하는 것은 없다. 우리에게 편리함을 제공해주는 발명품들은 수많은 실패의 경험을 통해 만들어졌다. 그리고 모난 성격도 실패의 경험을 통해 성숙한 인품으로 거듭난다.

성공적인 경험이든 실패의 경험이든 그것은 매우 중요하다. 경험은 인생의 교과서이기 때문이다.

실패를 두려워하지 마라. 실패는 그 어떤 것이든 가치를 지닌다. 더 많이 경험하고 더 많이 거듭나라.

경험은 그 어떤 것도 가치가 있다. 성공의 경험은 성공의 경험대로
실패의 경험은 실패의 경험대로, 살아가는 데 큰 교훈을 준다.
경험처럼 좋은 스승은 없다. 더 많이 경험하라.

글쓰기와 말하기 능력을 기르기

현대는 글쓰기와 말하기 능력으로 평가받는 시대다. 직장에서 문서를 작성하거나 또는 아이템을 제출할 때 컴퓨터를 통해 글을 쓴다. 이때 자신의 생각을 논리적이고 체계적으로 보여줄 수 있다면 좋은 평가를 받게 된다.

그런데 이와 반대로 글이 비논리적이고 짜임새가 없다면 어떻게 될까. 그것은 스스로를 감점시키는 불유쾌한 일이 된다.

그렇다면 방법은 간단하다. 글쓰기 연습을 통해 글쓰기 능력을 키워라. 또한 말하기 능력도 길러라. 알고도 하지 않는 것처럼 바보 같은 짓은 없다. 바보가 되고 싶지 않다면 지금 당장 시작하라.

자기표현의 중요성이 그 어느 때보다도 요구되는 시대이다.
이런 때 글쓰기와 말하기 능력이 좋다면 자기표현을 하는 데 매우 유리하다.
글쓰기와 말하기 능력은 곧 내적內的자산이다.

산다는 것은

산다는 건
누군가에겐
질리도록 넘쳐나고
또 다른 누군가엔
떨어지는 빗방울처럼
눈물겨운 것이다.

인간은 태어나는 순간 살아가게 되어 있다.
다만 어떻게 사느냐에 따라 삶의 빛깔이 달라진다.
밝고 환한 삶의 빛깔로 살고 싶다면 그만한 열정을 들여야 한다.
그러지 않는다면 칙칙하고 어두운 삶의 빛깔로 살게 될 것이다.

사색도 습관이다

정신이 빈곤하면
물질이 아무리 풍요로워도
온전한 행복을 느끼지 못한다.
물질이 겉치레를 도울 수는 있어도
정신의 허함을 채워주지 못하기 때문이다.
정신이 풍요롭기 위해서는 사색하라.
사색도 습관이다.

사색하지 않는 사람은 매일 같은 삶을 살 수밖에 없다.
생각하지 않는데 어떻게 다른 삶을 살 수 있을까. 사색하라.
생각하는 대로 살아가는 게 사람에게 있어 삶의 근본이다.

자기만의 색깔을 지녀라

남과 다른 길을 가고 싶다면 남과 다른 자기만의 색깔을 가져야 한다. 남과 같거나 비슷해서는 남을 넘어설 수가 없다.

세상은 자기다운 사람을 원한다. 왜냐하면 세상은 수많은 이들의 경연장이기 때문이다. 그렇다면 문제는 간단하다. 자기만의 색깔을 가지고 당당하게 나서라. 만일 그렇지 못하다면 남보다 나은 삶을 산다는 것은 불가능하다.

예컨대 자신이 원하는 인생을 사는 이들의 공통점은 자기만의 색깔을 가졌다는 것이다. 자기만의 색깔은 자신을 성장시키는 무한 동력이다.

남과 다른 삶을 살기를 바란다면 자기만의 색깔을 지녀야 한다.
이 세상은 자기다운 것을 가진 사람을 원한다.

지금은 빵을 못 먹더라도 빛나는 내일을 꿈꿔라

지금은 빵을 못 먹더라도 빛나는 내일을 꿈꾸었던 자들은 그들의 바람대로 빛나는 인생이 되었다. 스코틀랜드 출신 미국 이민자의 아들로 태어나 찢어지게 가난했던 앤드류 카네기는 지독한 가난을 극복하고 성공했으며, 알코올 중독자인 아버지 밑에서 가난한 어린 시절을 보내야 했던 찰리 채플린은 가난을 극복하고 최고의 배우로 성공했다. 그리고 양부모 밑에서 자라난 스티브 잡스는 '애플'을 창립한 후 세계 최고의 CEO가 되었다.

지금은 빵을 못 먹더라도 빛나는 내일을 꿈꿔라. 꿈은 용기를 가진 자의 손을 들어준다는 것을 잊지 말아야 할 것이다.

지금은 비록 힘들고 어려워도 꿈을 포기해서는 안 된다.
꿈을 포기하는 순간 그 어떤 미래도 사라지고 만다.

걱정에 미혹되지 않기

마음의 걱정은
현명이란 단단한
뿌리의 나무를
잔바람 앞에서도
흔들리는
갈대가 되게 한다.

걱정을 해서 잘되는 것은 아무것도 없다.
오히려 잘될 수 있는 것도 걱정함으로써 그르치게 된다.
걱정은 백해무익한 마음의 공허함일 뿐이다.

성공을 실현시키는 성공의 의지

"성공은 성공하려는 사람에게 자연히 따라온다."

미국 하버드대학 교수이자 심리학자인 윌리엄 제임스William James의 이 말은 성공을 하고 싶다면 성공의 의지를 지니라는 것이다.

왜 그럴까. 성공의 의지를 강렬하게 가지면 내면 깊숙이 내재되어 '성공'이란 말만 들어도 성공해야겠다는 의지를 발동시키기 때문이다. 잠재의식이란 무서운 것이다. 무의식의 세계에서도 또렷이 나타나 강하게 작용한다.

미국 존스홉킨스 의과대학 설립자이며 '근대 의학의 아버지'로 불리는 윌리엄 오슬러William Osler는 평범한 의학도였다. 그는 의학 공부를 하면서도 성공에 대한 확신이 없어 자신감이 없었다. 그랬던 그가 독하게 마음먹고 공부한 끝에 의사가 되고 성공할 수 있었던 비결은 무엇일까.

그것은 바로 토마스 칼라일Thomas Carlyle의 글을 대하고 나서 그의 마음이 변했기 때문이다. 다음은 그가 감동을 받은 문구이다.

"우리들의 중요한 임무는 멀리 있는 희미한 사물을 보는 것이 아니라 뚜렷하게 자신 가까이에 있는 것을 몸소 실천하는 데 있다."

오슬러는 칼라일의 글에서 용기를 얻고 성공의 의지를 발동하여 실천한 끝에 성공을 이뤄낸 것이다. 성공의 의지를 갖는다는 것, 그것은 곧 성공할 수 있다는 확신을 의미한다.

성공은 성공하려는 의지로 가득 차 있는 사람을 좋아한다.
성공하고 싶다면 온몸과 마음을 성공의 의지로 가득 채워라.

인생의 문제 앞에 당당히 맞서기

"상처 입은 굴이 진주를 만든다."

미국의 시인이자 사상가인 랠프 왈도 에머슨Ralph Waldo Emerson은 말했다. 아주 적절한 지적이 아닐 수 없다. 여기서 상처란 무엇인가. 그것은 곧 시련의 아픔을 말한다. 인생을 살아가다 보면 뜻하지 않는 문제에 수시로 봉착하게 된다.

그런데 지혜로운 자는 시련을 행복을 누리는 기회로 만든다. 하지만 어리석은 자는 자신의 인생을 송두리째 날려버린다.

시련을 두려워하지 마라. 누구에게나 시련은 따라붙는 그림자와 같다. 시련이 다가오면 끈기와 인내로 물리치면 된다. 인생의 문제 앞에 당당히 맞서는 그대가 돼라.

시련과 고난 등 인생의 문제와 마주치면 절대 피하지 말고 맞서야 한다.
맞서면 승리의 인생이 되지만, 피하면 실패의 인생으로 끝나고 만다.

진정한 사랑은 자신을 넘어서는 것

"사랑한다는 것은 자기를 넘어서는 것이다."

아일랜드 출신의 극작가이자 소설가, 시인으로 19세기 말 대표적인 유미주의자인 오스카 와일드Oscar Wilde의 말이다. 이 말에서 보듯 진정한 사랑은 자기를 넘어설 때 맞게 되는 소중한 삶의 선물이다.

그런데 너무도 쉽게 사랑을 얻으려 하고, 너무 쉽게 사랑을 놓아 버린다. 이래 가지고는 진정한 행복을 알지 못한다.

참된 사랑을 원한다면 그 어떤 상황에서도 자기를 넘어서야 한다. 자기를 넘어서는 자만이 행복한 사랑을 취할 수 있다.

어떤 상황에서도 자신을 넘어설 때 진정한 사랑을 만나게 된다.
자신을 극복하지 못하면 진정한 사랑은 결코 찾아오지 않는다.

인생의 조각가

사람은 누구나
자신의 인생을
조각하는 조각가이다.
조각가가 어떻게
스케치를 하고
조각을 하느냐에 따라
최고의 조각품이 될 수도 있고,
최하의 조각품이 될 수도 있다.
이왕이면 최고의 조각품이 되어야 한다.
자신의 인생을 최고로 조각하는
인생의 조각가가 돼라.

사람은 누구나 자기 인생의 조각가이다.
자신의 인생을 멋지게 조각하고 싶다면 매사에 열정을 다하라.
열정을 다할 때 자신의 인생을 멋지게 조각하게 된다.

꿈을 이루는 버킷리스트

성공한 인생을 살았던 사람들의 성공 비결은 꿈을 구체적으로 세우고, 그 꿈을 이루기 위해 조급하지 않고 차근차근 풀어나갔다는 데 있다. 꿈은 서두른다고 해서 금방 이루어지는 것은 아니다. 모든 일엔 거기에 맞는 순리와 노력이 뒤따라야 한다. 지금 당장 꿈을 이루는 버킷리스트를 작성하라. 그리고 하나씩 하나씩 실천해 나가라.

"인생은 그가 노력한 것만큼 하늘에서 그 몫을 받게 되어 있다. 힘들이지 않는 자에게는 아무것도 주지 않는 것이 자연의 법칙이다."

호레스는 말했다.

그렇다. 모든 결과 뒤엔 그에 맞는 땀과 노력이 있는 법이다. 자신이 진정 성공한 인생을 살고 싶다면, 자신의 열정을 멈추지 말고 끝까지 밀고 나가야 한다.

꿈이 목록을 작성하고 그에 따라 차근차근 실천해 옮긴다면
꿈을 이루는데 큰 도움이 된다. 꿈은 막연한 것이 아닌 현실에서 보게 되는
아주 자연스러운 일이라고 믿게 되는 까닭이다.

꿈을 주고 행복을 주는 사람

누군가에게 꿈을 주고 행복을 주는 것은 참으로 가치 있는 일이다. 그
래서 그런 일을 하는 사람을 보게 되면 존경스럽다.

왜 그럴까? 그것은 자신의 사랑을 온전히 주는 아름답고 고귀한 행위
이기 때문이다.

"행복하기를 원한다면 남을 즐겁게 하는 일을 배우라."

M. 프라이어의 말이다.

남을 즐겁게 한다는 것은 사랑과 행복을 주는 일이다. 하지만 이 일을
하기란 자신을 희생할 줄 알 때만 할 수 있다.

소중한 인생이 되고 싶은가. 그러면 누군가에게 꿈을 주고 행복을 주
는 사람이 돼라.

자신만 행복하길 바라는 사람보다, 남에게 꿈과 행복을 주는 사람의 행복의 가치가
더 크다. 행복은 움켜쥐는 것이 아니라 나눌수록 더 커지기 때문이다.

참 인간의 마음

묵은 마음, 찌든 마음,
텁텁한 마음으로는
생각을 바르게 할 수 없다.
이런 마음이 있는 한
그 사람은 자유롭지 못하다.
자신이 진정으로 맑고 깨끗하게
살기를 원한다면
마음을 맑게 씻어야 한다.
맑은 마음, 밝은 마음이
참 인간의 마음이다.

마음이 맑고 밝아야 자신의 인생을 행복하게 살아가게 된다.
맑고 밝은 마음은 삶을 긍정적으로 이끌어준다.
그래서 마음이 맑고 밝은 사람이 삶을 즐겁고 행복하게 사는 것이다.

인생의 빛과 소금 같은 사람

세상에서
가장 필요로 하는 것도 사람이며
가장 경계해야 할 대상도 사람이다.
나와 인생의 코드가 맞는 사람은
내 인생에 빛과 소금 같은 존재다.

자신의 인생에 빛과 소금 같은 사람이 있다는 것은 축복이다.
그 사람이 있는 것만으로도 인생의 큰 자산이다.
자신 또한 누군가에게 빛과 소금 같은 사람이 되어야 한다.

신뢰를 잃지 않기

무너진 강둑은
다시 쌓으면 되지만
한 번 깨진 신뢰를
다시 쌓기란 태산을
오르는 것처럼 힘들다.

신뢰를 잃는다는 것은 전부를 잃는 것만큼 심각하다.
그것은 곧 자신의 가치를 상실하는 것과 같기 때문이다.
신뢰를 잃지 않기 위해서는 믿음과 책임감으로 상대에게 신임을 얻어야 한다.

경쟁에도 룰은 있다

경쟁에도
질서는 있어야 한다.
경쟁자가 아무리
편법을 쓴다고 해도
그 경쟁에서 이기려면
정직하고 당당하게
경쟁 상대를 제압해야 한다.
거짓은 뿌리를 드러낸 나무와 같아
약한 비바람에도 쉽게 쓰러지고 만다.

경쟁에도 지킬 것은 지켜야 한다.
야비하게 편법을 쓰거나 상대를 곤경에 처하게 하는 짓은 삼가야 한다.
정정당당하게 실력으로 승부를 걸 때 진정한 경쟁 속에서
자신이 원하는 것을 얻을 수 있다.

변화는 무엇으로 오는가

시도하지 않으면
아무것도 할 수 없다.
변화란, 새로운 시도를
통해서만 가능하다.

모든 변화는 시도하는 데서 시작된다. 아무리 좋은 계획도 시도하지 않으면
그 어떤 변화도 이끌어 낼 수 없다. 시도하라. 시도만이 자신을 변화시킬 수 있다.

지금의 자리에 안주하지 않기

지금의 자리에 안주하는 것은
더 나은 내일을 포기하는 것과 같다.
이상을 품고 새로운 변화를 꿈꿔라.
변화하는 자만이
더 나은 이상을 실현할 수 있다.

지금 자리에 안주하면 더 나은 자리에 오를 수 없다.
지금보다 나은 자리에 오르기 위해서는 계속 나아가야 한다.
나아가는 사람만이 지금보다 나은 자리에 오를 수 있다.

정직은 죽지 않는다

정직은 언제나 옳다.
정직은 죽지 않는다.
그래서 정직은 영원으로 남는다.
정직!
정직은 모든 것의 최선이다.

정직은 그 어떤 불의 앞에서도 절대 지지 않는다.
정직을 잃어버리는 순간 모든 것은 소멸되고 말기 때문이다.
정직은 모든 불의를 이겨낼 수 있는 가장 기본적이면서도 가장 강력한 무기이다.

즐거운 마음으로 하기

무엇을 하든 즐거운 마음으로 하라.
즐거운 마음으로 하면 마음에 부담이 없고,
마치 즐거운 게임을 하는 것처럼 생각된다.
그래서 즐거운 마음으로 하면
예상했던 것보다 훨씬
좋은 결과를 얻을 수 있는 것이다.

무엇을 하든 즐거운 마음으로 하면 긍정의 에너지가 뿜어져 나온다.
아무리 어려운 일도 즐겁게 하면 능률적으로 하게 된다.
자신을 즐겁게 하는 것은 곧 자신의 능력을 높이는 일이다.

언제나 꽃은

꽃은 우는 적이 없다.

비가 오나
거센 바람이 휘몰아치거나
뜨거운 태양아래에서도
꽃은
웃음을 잃지 않는다.

울면 꽃이 아니다.

언제나 웃어야 꽃이다.

꽃은 비가 오나 바람이 부나 뜨거운 태양 아래서도
늘 한결같이 밝게 웃으며 향기를 뿜어댄다.
그 어떤 상황에서도 꽃이 제 본분을 다하듯,
그 어떤 환경에서도 자신의 본분을 다해야 한다.
모든 기쁨과 행복과 축복과 아름다운 삶의 결실은
자신을 극복하고 이뤄냈을 때 더 맑고 향기롭게 빛을 발한다.

기쁨을 주는 사람

우리는 늘, 기쁨을 주는
사람이 되어야 한다.
기쁨을 주는 사람의 표정은
꽃보다 아름답고 맑고 곱다.
그래서 기쁨을 주는 사람을
보고 있으면
괜스레 가슴이 따뜻해지고
희망을 품게 된다.

기쁨을 주는 사람은 보는 사람들의 마음을 즐겁게 한다.
기쁨을 주는 사람과 함께하면 긍정의 에너지가 샘솟는 것은 기쁨 속에는
긍정의 씨앗이 들어 있기 때문이다. 기쁨을 주는 사람이 돼라.

현명한 사람 아둔한 사람

현명한 사람은
멀리 내다보며
꾸준한 자기 성찰을 하지만
아둔한 사람은
눈에 보이는 것만 좇다
한세월을 보낸다.

멀리 내다보며 생각하는 습관을 가져야 한다.
멀리 내다보면 깊이 있게 생각하게 되고, 생각이 깊어지면 지혜롭게 살게 된다.
지혜는 깊이 생각하는 데서 오고 현명한 사람은 지혜에서 온다.

리더십의 본질

카리스마 넘치는 탁월한 리더십은
철저한 자기관리와
솔선수범하는 실천형 리더십이다.
이런 강한 리더십을 보여줌으로써
사람들이 자기에게 주어진 일을
스스로 하게 하는 것이 리더십의 본질이다.

리더십의 가장 큰 역할은 적재적소에 사람을 배치하는 것이다.

_토마스 왓슨

자신이 하는 일에 전문가가 되기

현대는 전문지식과 전문가를 요구한다. 현대는 모든 분야에서 단편적인 것이 아닌 전문적인 것을 요구하는 사회이다. 하나를 알아도 깊이 있게 아는 것을 원한다. 그래서 표피적이고 단순한 지식으로는 자신이 원하는 직업을 가질 수 없다. 기업이나 사회에서 요구하는 실력을 갖추어라. 그러지 않으면 죽었다 깨어나도 자신이 원하는 직업을 갖거나 일을 할 수가 없다.

현대 사회는 복잡 다양화된 시대다. 이런 시대에서
자신의 가치를 높일 수 있으려면 자신이 좋아하는 일에
전문지식을 갖춘 전문가가 되어야 한다.
전문가가 될 때 이 사회는 그를 필요로 하게 된다.

자신을 믿는 사람

자신을 믿는 사람이 돼라.
스스로 자신을 믿지 못하면
그 어떤 것도
성공적으로 이끌어 낼 수 없다.
자신을 믿고
개성적이고 창의적으로 실행하라.
사람이 할 수 없는 일은 이 세상에 없다.

자신을 믿지 못하면 남도 믿지 못한다. 자신을 믿을 때 남도 믿을 수 있는 것이다.
스스로에게 믿음을 갖는다는 것은 그 어떤 것에도 믿음을 가질 수 있다는 방증이다.
자신을 믿는 자만이 모든 것을 믿을 수 있다.

| Chapter 4 |

내 인생의 꿈이 되는
행복의 잠언

성공은 성공하려는 의지로 가득 차 있는 사람을 좋아한다.
성공하고 싶다면 온몸과 마음을
성공의 의지로 가득 채워라.

행복하고 싶다면 탐욕을 버려라

모든 불행은 탐욕에서 온다.
탐욕을 버리는 것만이 불행을 막을 수 있다.
탐욕을 버리기 위해서는 날마다 자신을 돌아보고
자의든 타의에 의해서든 더럽혀진 마음을
깨끗이 씻어내야 한다. 깨끗한 마음이
곧 행복의 마음인 것이다.

탐욕은 항상 만족에 도달하지 못하고, 끝까지 욕구를 만족시키려는
무한한 노력 속에서 개인을 탕진시키는 바닥없는 항아리이다.

_에리히 프롬

무관심 버리기

무관심은 서로를 단절시키는 마음의 벽이다.
단절된 상태에서 마음을 하나로 모은다는 건
그림 속의 떡과 같다.

무관심에서 벗어나기 위해서는
첫째, 곁에 있는 사람을 챙겨주고 배려하라.
둘째, 상대를 높여주어라.
셋째, 먼저 다가가라.

무관심은 자신을 투명인간으로 만드는 것임을
명심해야 한다.

주변 사람들에게 저지르는 가장 큰 죄는 그들에 대한 미움이 아니다.
무관심이야말로 가장 큰 죄다. 무관심은 비인간성을 대표하는 반인간적인 감정이다.

_버나드 쇼

어려움을 이기는 방법

어려움은 누구에게든지 온다.
그런데 어려움을 어려움이라고 여기면
고통으로 느껴지게 된다.
어려움을 축복으로 가는 과정이라고 여겨라.
그리고 어려움과 맞서 싸워라.
어려움이 손을 들고 사라질 때까지 밀어붙여라.
그것이 어려움을 이기고
성공하는 가장 확실한 비법이다.

고난과 눈물이 나를 높은 예지로 끌어올렸다.
보석과 즐거움은 이것을 이루어주지 못했을 것이다.

페스탈로치

원망의 입술은 부정의 입술이다

사람들 중엔 남을 탓하고 원망하는 이들이 있다. 이런 사람들은 빨리 자신의 못된 습관을 고치지 않으면 안 된다. 그 못된 습관이 자신의 인생을 망치게 할지도 모르기 때문이다. 원망의 입술은 부정의 입술이다. 부정의 입술은 자신도 죽이고 남도 죽인다. 긍정적으로 말하고 창조적으로 말하는 입술이 돼라. 그러면 자신도 잘되고 남도 잘되게 한다.

남을 미워한 결과로 받게 되는 대가는 자신에 대한 사랑의 부족이다.

_앨드리지 클리버

비양심적인 행동을 버리기

비양심적인 행동은 도덕적인 결함을 만든다. 그런데 양심을 더럽히는 일을 아무 거리낌 없이 저지르는 사람들이 있다. 그런 사람들을 보면 어떤 뇌 구조를 가졌는지 자못 궁금하다. 어떻게 같은 사람으로서 상상을 뛰어넘는 일도 서슴지 않고 하는 걸까. 양심을 파는 일은 자신도 남도 불편하게 하는 일이다. 양심은 그 사람의 얼굴과도 같다. 양심을 저버리는 짓은 절대 하지 말아야 한다.

당신의 가슴속에 있는 양심의 불꽃을 끄지 않도록 힘껏 노력하라.

_조지 워싱턴

용서하라, 마음이 후련해질 때까지

용서는 사랑의 마음이다.
용서가 아름다운 것은
사랑이 함께하기 때문이다.
용서를 잘하는 사람은 사랑이 많고,
용서에 인색한 사람은 사랑이 없다는 말은
매우 근거가 있는 말이다.
용서하라, 마음이 후련해질 때까지.
용서는 참된 사랑이며 너그러운 품격이다.

용서하는 것이 용서받는 것보다 낫다. 우리는 끊임없이 용서해야 한다.
그럼으로써 우리 자신도 누군가로부터 또는 신으로부터 용서받을 수 있는 것이다.

_버트런드 러셀

순리를 벗어나지 않기

인간이든 동물이든 꽃이든 다 같은 이치다. 사람이 자신과 성격이나 취미가 비슷해야 자연스러운 어울림을 갖는 것처럼, 사자들은 사자들끼리, 사슴은 사슴들끼리 모여 살고, 들국화는 들국화끼리, 민들레는 민들레끼리 무리지어 핀다. 세상의 이치는 순리를 좇음으로 한 치의 오차도 없고, 오류 또한 없다. 하지만 순리를 벗어나면 모든 것이 중구난방이 되고 오합지졸이 되는 것은 마땅한 이치라 하겠다.

마음에 들어가서는 그 마음을 따라야 한다.
_장자

학문의 본질

학문의 본질은 아는 것에 있고, 공부하고 연구한 것을 사람들에게 알림으로써 모르는 다수의 사람들에게 깨우침을 주어 사람다운 삶을 살아가게 하는 데 있다. 그런데 이를 외면하고 자신의 출세와 영달을 위해서만 학문을 이용한다면 그것은 학문이 아니라, 학문을 가장한 가학假學 즉 '거짓 학문'에 불과하다. 이를 일러 곡학아세曲學阿世라고 하는데, 학문의 참 본질을 지켜야 한다. 그것이 진정한 학문에 대한 예의이다.

넓게 학문을 배우고 이를 실행함을 예로써 한다.

_공자

참다운 복이란 무엇인가

사람들이 잘못 생각하는 것 중
가장 보편적인 것은 복을 물질에 두는 것이다.
즉, 복 있는 사람은 잘살고,
복 없는 사람은 못산다고 생각한다.
이는 복을 물질에서 찾는
소인배적인 생각에 불과할 뿐이다.
진정한 복은
인간답게 사는 것,
많은 사람들로부터 인정받는 것,
내가 누군가에게 필요한 존재가 되는 것,
내가 있음으로 이 사회가 조금은 더 행복해지는 것.
이런 사람이야말로
하나님께서 원하는 복 있는 사람이다.

낙원의 파랑새는 자신을 잡으려 하지 않는
사람의 손 위에 날아와 내려 앉는다.

_존 베리

바른길을 걸어가는 사람

"나에게 착한 일을 하는 이에게
나 또한 착하게 하고,
나에게 악하게 하는 이에게도
나는 역시 착하게 하라.
내가 남에게 악하게 하지 않으면
남도 나에게 악하게 하지 않을 것이다."

이는 장자莊子가 한 말로
이 말의 요지는 무엇인가.
정도正道를 가라는 것이다.
정도에는 부정不正한
일이 없는 법이다.

나는 직선 코스로 간 사람 중에 길을 잃어버린 사람을 본 적이 없다.

_사아디 고레스탄

201

자신이 원하는 인생의 드라마 쓰기

삶이란 묘한 얼굴을 숨기고 있는 인생의 드라마이다. 자신의 삶을 어떻게 각본을 쓰고, 연출하고, 역할을 하느냐에 따라 인생 드라마의 품격이 달라지는 것인데, 이런 이유로 하여 삶의 얼굴은 제 모습을 달리하게 된다. 자신의 빛깔과 향기로 품격 있는 인생의 드라마를 쓰고 싶다면 멋지게 각본을 쓰고 연출하고 그에 따라 연기를 해야 한다. 연기를 하기 위해서는 대단한 인내와 열정, 끝까지 하는 뒷심이 절대적으로 필요하다. 때에 따라서는 뼈를 깎는 고통이 따를 수도 있고, 눈물과 콧물을 흘리는 아픔도 있을 수 있다. 그러나 자신이 원하는 삶을 이루기 위해서는 포기해서는 안 된다. 포기하지 않고 끝까지 가는 자만이 품격 있는 자신만의 삶을 이루고 유유자적할 수 있는 것이다.

영원히 살 것처럼 꿈꾸고, 내일 죽을 것처럼 오늘을 살아라.

_제임스 딘

진리는 죽지 않는다

진리는 '의'를 말하지만,
거짓은 '불의'를 말한다.
자신이 불의한 사람이 되지 않으려면
자신에게 진실한 자가 되어야 한다.
진리는 부정적 자아를 버리는 것이다.
또한 탐욕을 버리는 것이다.
진리를 가볍게 보아서는 안 된다.
진리는 어떤 상황에서도 결코 죽지 않는다.
그래서 진리는 언제나 영원한 것이다.

진리는 인간의 내면에 존재하는 신의 의지이며 목적이다.

_칼릴 지브란

슬기로운 사람

화를 쉽게 내는 사람은 주변에
사람이 없다는 말이 있다.
옳은 말이다.
화를 잘 내는 사람을 누가 좋아할까.
아무리 화가 나더라도 절제할 수 있어야 한다.
그렇지 않으면 불행한 일이 발생할 수도 있다.
화를 절제할 수 있는 사람은 슬기로운 사람이다.
슬기로운 사람이 돼라.

1분 동안 화를 낼 때마다 당신은 60초 동안의 행복을 잃는 것이다.

_랠프 왈도 에머슨

완전한 하나가 되는 법

대개의 사람들은 수많은 것들 중 한 개가 없어도 아무렇지 않게 생각하는 경향이 있다. 왜 그럴까. 많은 것들 중 한 개쯤은, 없어져도 티가 나지 않는다고 생각하기 때문이다. 그러나 이것은 매우 잘못된 생각이다. 백에서 한 개가 부족하면 구십구일 뿐 절대로 백이 될 수 없다. 이렇게 본다면 많은 것 중 한 개는 결코 작은 것이 아니다. 비어 있는 한 개가 채워질 때 비로소 완전한 '하나'가 될 수 있는 것이다.

작은 것에 만족할 줄 모르는 사람은
어떤 것에도 만족할 줄 모른다.

_에피쿠로스

인생이라는 바다를 건너가는 힘

자신의 주관과 의지가 없다면
방향을 잃은 배가 항로를 벗어나
좌초하여 침몰할 위험성이 큰 것처럼
인생이라는 바다를 건너가는 데
많은 어려움을 겪게 된다.
인생의 바다에 깊이 침몰해버리면
다시 헤어나오기가 힘들다.
인생이라는 바다를 잘 건너기 위해서는
반듯한 주관과 강인한 의지로 밀고 가야 한다.

우리가 배운 교훈 중 하나는 난국은 당신의 벗이라는 점이다.
폭풍이 오기 전에 단련되고 준비되어 있다면, 당신은 폭풍의 시기를 고마워해야 한다.
우리의 체질은 뜨겁게 활활 타오르는 가혹한 시련 속에서 단련된다.

.짐 콜린스

허물을 덮어주는 사람

자신을 마치 유아독존으로 생각한다면
대단한 모순이며 치유하기 힘든 오만이다.
그런데 꼭 이런 사람들이
사회 도처에 뿌리를 박고 있다.
그러고는 사사건건 상대의 허물을 들춰내려고 한다.
심지어는 없는 허물까지도 만들어내려고 한다.
허물을 덮어주는 사람이 되어라.
그것이 상대에 대한 사랑이며 배려이다.

남의 허물을 용서하되 자기의 허물은 용서해서는 안 될 것이며,
자기의 곤욕은 마땅히 참을 것이로되 남의 곤욕에 대해서는 방관하지 말아야 한다.

_《채근담》

인간답게 살다 인간답게 가는 길

인간은 빈손으로 왔다,
빈손으로 돌아가는 하나님의 피조물이다.
그런데도 어떤 이들은
마치 자신이 전부인 것처럼
물질에 매여 인간다운 삶을 버리고 오만하게 군다.
이는 하나님께 대한 불충이며
인간답게 사는 길을 포기하는 행위이다.
인간은 하나님의 가장 위대한 피조물이다.
인간답게 살고 인간답게 떠나야 한다.

긴 인생은 충분히 좋지 않을 수 있다. 그러나 좋은 인생은 충분히 길다.

_벤저민 프랭클린

깊이 보고 깊이 생각하기

생각이 얕은 사람은 실수가 많은 법이다.
매사를 건성건성 생각하기 때문이다.
새로운 시각을 통해
새로운 자아를 실현하기 위해서는
매사를 깊이 보고 깊이 생각해야 한다.
그러기 위해서 매사를 세심히 살펴보고,
독서를 즐겨하라. 그것이 곧
자신이 발전하는 데 있어 디딤돌이 되기 때문이다.

나는 생각한다. 그러므로 나는 존재한다.

르네 데카르트

낡은 생각은 쓰레기통에 버리기

새 포도주를
낡은 부대에 넣으면 안 되는 이유는
첫째, 맛을 변하게 한다.
둘째, 낡은 부대로 인해
새 포도주가 새기 때문이다.
셋째, 새로운 것은 새 것과 함께할 때
더 가치 있는 상품이 되기 때문이다.

이치가 이렇듯
낡은 생각은 버려라.
새로운 생각,
새로운 지식으로 무장하라.
그것이 내가 잘될 수 있는
기회가 되어줄 것이다.

당신이 변하지 않는 한, 이미 갖고 있는 것 말고는
아무것도 얻을 수 없다.

_제임스 론

돈은 목적이 아니라 삶의 도구이다

"돈은 목적이 아니라 도구이다."

이는 《탈무드》에 나오는 말로, 돈으로 인한 세상의 모든 불행은 돈을 목적으로 하기 때문에 생기는 것이다. 돈을 벌기 위해 불법을 자행하고, 뇌물을 수수하고, 도둑질을 하고 사기를 친다. 이는 범죄이다. 죄의 삯은 사망이라는 성경 말씀처럼 돈을 목적으로 하면 죄를 짓게 된다. 그러나 돈을 살아가는 데 필요한 도구라고 생각하면 달라진다. 살아가는 데 필요한 만큼만 있으면 된다는 의미이기 때문이다. 돈을 목적으로 살지 말고 도구로 생각하라.

돈은 바닷물과 같다. 많이 먹으면 먹을수록 더 목마르게 된다.

_아서 쇼펜하우어

원하는 것을 얻기 위해 기도하라

상쾌한 아침 기도는
하루를 즐겁게 하는 행복의 충전소이다.
기쁠 때도 기도하고,
우울할 때도 기도하고,
감사할 때도 기도하고,
맑은 날에도 기도하고,
비 오는 날에도 기도해라.
기도하면 당신이 원하는 것을 얻게 될 것이다.

나는 오늘 해야 할 일이 많기 때문에 기도하는 시간을 갖기 위해서
한 시간 더 일찍 일어난다.

_마틴 루터 킹

약자를 도와주는 사람

약자가 보호받지 못하는 사회가
가장 불행한 사회다.
또한 약자를 무시하는 사람은
가장 비루한 사람이다.
약자는 가진 것이 없을 뿐
인격이 없는 하찮은 사람이 아니다.
그들 중엔 똑똑하고
진정성 넘치는 이들도 많다.
그런데 그런 사람들을 업신여긴다는 것은
스스로의 인격을 떨어뜨리는
몰인정한 행위이다.
사람은 누구나 소중하다.
약자에게 손을 내밀어 잡아줄 때
진정으로 참 행복을 경험하게 될 것이다.

남의 흉한 일을 민망히 여기고, 남의 좋은 일은 기쁘게 여기며,
남이 위급할 때는 건져주고, 남의 위태함을 구해주어라.

《명심보감》

이성과 양심에 따라 말하고 행동하기

"인생은 짧다.
무슨 일이든 이성과 양심이
명하는 길에 따라 하도록 힘쓰고
여러 사람의 행복을 위해 마음을 써야 한다.
그것이 인생의 가장 값진 열매이다."

로마의 황제이자 철학자인
마르크스 아우렐리우스Marcus Aurelius는 말했다.
자신을 위하고 타인을 위하고 사회를 위한
길을 가기 위해서는 아우렐리우스가 말했듯
이성과 양심에 따라 행동해야 한다.
그렇게 될 때 인생의 두 갈래 길에서
바른 선택을 할 수 있게 된다.

삶의 어두운 길을 인도하는 유일한 지팡이는 양심이다.

_하인리히 하이네

게으름은 인생의 방해꾼이다

"근면한 사람은 하나의 악마에게,
게으른 자는 아홉 개의 악마에게 유혹을 당한다."

이는 독일 속담으로 게으름이 사람에게 미치는 영향이 얼마나 나쁜지를 잘 보여준다. 게으름은 자신의 인생을 방해하는 방해꾼이다. 눕고 싶을 때 일어나라. 놀고 싶을 때 무슨 일이든 하라. 게으름으로부터 벗어날 수 있다면 자신이 원하는 것을 당당하게 이뤄낼 수 있다.

시간을 무의미하게 허비한다는 것은 영원을 허비하는 것이므로
허송세월을 해서는 안 되며 주저해서도 안 된다.

조셉 C. 그루

고난과 즐거움은 인생의 하모니이다

삶을 살다 보면
고난과 즐거움은 늘 공존한다.
만일 인생에 고난만 있다면
미래를 향해 나아가는 게 무척 힘들 것이다.
그러나 즐거움도 있는 게 인생이다.
고난이 오면 굴복하지 말고 맞서라.
그리고 즐거울 땐 더 많이 즐거워지는 일을 하라.
삶은 고난과 즐거움이 만드는 인생의 하모니이다.

고뇌의 기쁨을 모르는 사람은 아직 참된 인생을 시작하지 못한 사람이다.
고뇌는 정신이 향상되어 가는 과정이다.
고뇌 없는 인생의 향상은 불가능하다. 인간은 고뇌를 통해서 불멸에 이른다.
그러므로 불행은 신의 사랑의 징표이다.

_레프 톨스토이

생산적이고 창의적인 사람

생산적이고 창의적인 삶은 자신을 혁신시키는 '브라보 라이프'이다. 그러나 비생산적이고 비창의적인 삶은 자신을 도태시키는 '배드 라이프'이다.

자신을 책임지는 인생이 되어야 한다. 자신에게 무책임한 인생은 자신은 물론 자신의 주변 사람들에게도 무가치한 일이다.

날마다 깨어나야 한다. 날마다 자신을 돌아보고 점검하라. 그래서 부족하다 싶으면 에너지를 충전해야 한다. 생산적이고 창의적인 사람이 진정 아름다운 사람이다.

40세가 되면 자기 얼굴에 책임을 져야 한다.

_에이브러햄 링컨

후회 없는 삶

살아간다는 것은 그 자체가 모험과도 같다. 하루에도 수많은 일들이 일어나고 사라진다. 지금은 하늘이 맑지만 내일은 비가 올 수 있듯 우리의 삶도 항상 일정하지 않다.

오늘이 흐린 삶이어도 내일은 밝은 삶일 수도 있고, 오늘은 밝은 삶이어도 내일은 폭풍우가 몰아칠 수도 있다. 이렇듯 하루하루의 삶은 모험의 연속이다. 그런 까닭에 하루하루를 후회 없이 살아야 한다. 후회 없는 삶이 가장 성공한 삶이며, 후회의 정도에 따라 성공의 등급도 달라지는 것이다.

절대 어제를 후회하지 마라. 인생은 오늘의 내 안에 있고,
내일은 스스로 만드는 것이다.

_L. 론 허바드

품격 있는 인생

꽃이 아무리 향기롭다 해도 인격이 있는 사람의 향기만은 못하다. 그래서 인격 있는 사람 주위엔 많은 사람들이 모여든다. 그 사람 곁에만 가도 기분이 좋고, 긍정의 마음이 새록새록 솟아난다.

그러나 인격이 없는 사람에게선 악취가 난다. 그래서 그 사람 옆에는 가기가 싫다. 기분을 언짢게 하고 아무런 도움도 되지 않기 때문이다. 인격이란 향기는 사람을 감동시키는 힘이 있다. 품격 있는 인생으로 행복하게 살고 싶다면 향기 나는 인격을 닦고 길러야 한다.

명성보다는 자신의 인격에 관심을 둬라. 인격은 진정으로 내가 누구인지
말해주기 때문이다. 그러나 명성은 나에 대한 다른 사람들의 생각일 뿐이다.

_존 우든_

성공의 징검다리

"나는 밤에만 꿈을 꾸는 것이 아니라 하루 종일 꿈꾼다."
세계 최고의 흥행 감독인 스티븐 스필버그Steven Spielberg가 한 말로, 그가 〈E.T〉, 〈쥬라기 공원〉 등을 비롯한 수많은 대작을 히트시키며 최고가 될 수 있었던 비결은 '꿈'에 있다.
그는 낮이고 밤이고, 길을 가면서도, 휴식을 하면서도 자신이 무엇을 할 것인가에 대해 항상 꿈을 꾸었던 것이다. 그리고 그 결과로 찬란하게 '성공의 꽃'이 활짝 피어났다.
자신이 무엇인가를 이루고 싶다면 항상 꿈을 꾸어라. 낮이고 밤이고, 밥을 먹을 때도, 놀 때도, 잠을 잘 때도 나는 무엇이 되겠다고 스스로에게 자신의 꿈에 대해 꿈꿔라.
꿈은 이상을 현실로 만드는 '성공의 징검다리'이다.

꿈은 날짜와 함께 적으면 목표가 되고, 목표를 잘게 나누면 계획이 되며,
계획을 실행에 옮기면 꿈은 실현된다.

_그레그 S. 레이드

마음의 필터를 갈아 끼우기

정수기 필터를 자주 갈아주어야 깨끗한 물을 마실 수 있듯, 마음의 필터를 갈아 끼워야 생각도 행동도 맑아진다.

사람들은 대개 이를 알고 있음에도 잘 실천하지 않는다. 너무나 빤한 것은 대충 하거나 아니면 스쳐 지난다. 이는 매우 잘못된 일이며 자신을 더러운 먼지 구석에 떨어뜨려 아무렇게나 방치하는 것과 같다. 먼지가 묻은 옷을 털어서 입듯, 먼지가 낀 마음은 날마다 깨끗이 씻어주어야 한다.

마음이 맑으면 자신은 물론 타인에게도 기분 좋은 일이다. 자신이 보다 더 사람답게 살기를 원한다면 날마다 마음을 살피는 시간을 갖되, 반드시 마음에 묻은 먼지를 씻어내는 자정의 시간을 가져야 한다.

자기 반성은 지혜를 배우는 학교이다.
_ 발타자르 그라시안

인간다움이란 무엇인가

인간다움이란 무엇인가. 어떤 상황에서도 인간임을 포기하지 않는 것을 말한다. 자신의 처지에 따라, 상황에 따라 말과 행동을 달리한다면 그것은 인간이 아닌, 인간의 형상을 한 것과 다름없다.

인간이 인간다워야 하는 것은, 그것이 인간으로 태어난 것에 대한 최소한의 예의이기 때문이다. 인간은 최악의 상황에서도 결코 인간다움을 포기해서는 안 된다. 포기하는 순간 더 이상 참 인간으로 되돌릴 수 없는, 돌아올 수 없는 강을 건너는 것과 같다는 것을 명심해야 할 것이다.

인생을 소중히 여기는 자는 기회를 소중히 한다.

_벤저민 프랭클린

의義가 죽으면 삶 또한 죽는다

의義가 죽으면 삶 또한 죽는다. 의가 떠난 삶이란 불의로 물들어 멸망을 자초하게 된다. 의는 마땅히 있어야 하는 것이고, 세상을 인간답게 살 수 있도록 하게 한다. 그런 까닭에 의인義人은 마땅히 존중되어야 하고, 세상의 빛으로 예우해주어야 한다.

의가 사라지지 않도록 해야 한다. 언제나 의에 따라 말하고 행동해야 한다. 의는 나를 위한 일이며 모두를 위하는 일이다. 의가 불의를 이김으로써 우리의 삶이 좀 더 평안 속에서 거할 수 있도록 해야 한다.

군자는 의義에 밝고 소인은 이利에 밝다.
_공자

내 인생을 바꾸는 사람

'내 인생의 나의 것'이라는 말이 있다. 내 인생은 아버지의 것도, 어머니의 것도, 형제의 것도, 친구들의 것도 아닌 오직 자신만의 것이다. 그런데 자신의 인생을 남에게 의존하려는 이들이 있다. 지치고 힘겨울 땐 누구나 한 번쯤 그런 생각을 하곤 한다. 하지만 생각은 생각으로 끝나야 한다. 그것을 현실로 끌고 들어가려는 것은 자신에게 비겁한 일이며 스스로를 못난 사람으로 만드는 어리석음이다.

작가이자 〈뉴욕타임스〉의 칼럼니스트인 애너 퀸들런Anna Quindlen은 누군가가 나타나 자신의 삶을 바꿔주기를 간절히 기대했다. 그러나 어느 누구도 그의 삶을 바꿔주지 않았다. 어느 날 문득 그는 깨달았다. 자신의 삶을 바꿔줄 수 있는 사람은 이 세상에 오직 한 사람, 바로 자기 자신이라는 것을. 그는 깨달음을 얻고《단 하나의 진실》을 씀으로써 미국을 대표하는 작가로 급부상했다. 그리고 〈공적인 것과 사적인 것〉이라는 칼럼으로 퓰리처상을 수상했다. 그는 이후《어느 날 문득 발견한 행복》으로 밀리언셀러 작가가 되었다.

누군가 나타나 이 어둠을 헤치고 나의 삶을 바꿔줄 것을 하염없이 꿈꾸었다.
그렇지만 그 사람이 나일 거라는 생각은 하지 못했다.

_애너 퀸들런

진정으로 강한 사람

진정으로 강한 사람은
부드러움 속에 자신의 진실을
담고 있는 사람이다.
풀이 비바람 속에서도
꺾이지 않는 것은 부드럽기 때문이다.
그러나 나무는 부러지고
전봇대는 쓰러지고 만다.
겉으로 보이는 것이 강한 것이 아니다.
진실로 강한 것은
부드러움 속에 진실을 담고 있다.

진정으로 강한 사람은 치열하면서도 온화해야 한다.
또한 이상주의자이면서 현실주의자이어야 한다.

_마틴 루터 킹

자신만의 철학과 사상을 갖추기

말과 행동을 보면
그 사람의 진의를 알 수 있다.
그 사람이 어떤 삶의 철학을 갖고 있고
어떤 사상을 갖고 있는지를.
자신만의 철학과 사상이 있는 자는
말과 행동이 바르고 의식이 뚜렷하다.
하지만 철학과 사상이 없는 사람은
뿌리가 얕은 나무와 같아
말과 행동에 진실성이 없다.

자신의 생각을 믿는 것, 자신의 마음속에서 진실이라고 믿는 것은
곧 다른 사람에게도 진실이 된다.

_랠프 왈도 에머슨

풍족한 마음

풍족한 마음이 한 사람의 인생에 미치는 영향이 지대한 것은 그것에 따라 그 사람의 인생의 빛깔이 달라지기 때문이다. 풍족한 마음을 갖게 되면 첫째, 사람들과의 관계를 매끄럽고 자연스럽게 이어갈 수 있다. 풍족한 마음은 마음의 여유를 갖게 하는 까닭이다. 둘째, 사물에 대해 깊이 응시하고 관조하게 된다. 응시와 관조는 삶을 깊이 들여다볼 수 있는 힘을 갖게 하고 새로운 진리를 터득하게 함으로써 인생을 좀 더 의미 있게 살아가게 된다. 셋째, 풍족한 마음은 마음을 관대하게 하고, 관대한 마음은 사람과 사람 사이를 허물없이 만들어주며, 다소 실수가 따르는 일도 이해하는 배려심을 높여준다. 그런 까닭에 사람들과의 관계를 원만하게 함으로써 사람들로부터 좋은 평가를 받게 된다. 넷째, 삶의 여백을 즐길 줄 아는 센스를 갖게 하여, 조급함을 멀리하게 하고 일의 실수를 막아줌으로써 좋은 결과를 낳게 한다.

마음이 풍족하면 비록 누더기를 걸치고도 따뜻하게 생각하고
나물반찬으로 밥을 먹어도 맛있다고 한다. 인생을 즐기고 풍족하게 사는 점에서
이런 사람은 왕후보다도 풍족한 사람이다.

_《채근담》

구르는 돌에는 이끼가 끼지 않는다

자신의 삶을 윤택하게 하기 위해서는
자신을 계발하는 일에 열정을 쏟아야 한다.
자신을 그대로 두면
더 이상의 자신은 될 수 없다.
아무리 좋은 능력도 자꾸만 갈고 닦아야 한다.
구르는 돌에는 이끼가 끼지 않는 것처럼
자신을 갈고 닦는 일에
힘쓸 때 능력은 빛을 발하게 된다.

세상의 중요한 업적 중 대부분은, 희망이 없는 상황에서도
끊임없이 도전한 사람들이 이룬 것이다.

_데일 카네기

가끔씩 지금의 나를 살펴보기

지금 우리 사회는
하루가 다르게 변하고 있다.
이런 변화의 물결 속에서 살아가려면
생각도 행동도
빠르게 변하지 않으면 안 된다.
하지만 이런 때일수록
가끔씩 자신의 모습을 살펴보아야 한다.
자신조차 잊고 살아간다면
참 인생을 잃을 수도 있기 때문이다.

사람이 가진 것 가운데서 하나님 다음으로 위대한 것은 그 마음이다.

_플라톤

마음의 눈으로만 볼 수 있는 것

진실로 소중한 것은 눈에 보이지 않는다.
우정, 꿈, 사랑 등 참으로 귀중한 것은
마음의 눈으로만 볼 수 있는 것이다.
하지만 물질, 지위, 권세, 탐욕은
눈에 보이기 때문에
사람들을 현혹시키는 것이다.
눈에 보이지 않는 것,
그 경건함을 잊어서는 안 된다.

마음으로 보지 않으면 중요한 것은 잘 보이지 않는다.

_생텍쥐페리

넉넉한 마음을 품기

자신이 생각하는 만큼,
자신이 바라보는 눈높이만큼
세상을 바라볼 수 있다.
크고 멀리, 높고 깊이 바라보려면
넉넉한 마인드를 품어야 한다.
그렇지 않고서는
자신이 원하는 세상을 바라볼 수 없다.

바다보다 더 광활한 것은 하늘이다. 하늘보다 더 광활한 것은 사람의 마음이다.

_빅토르 위고

늘 깨어있어야 한다

캄캄한 밤길을 갈 땐
여간 조심스러운 것이 아니다.
위험에 빠질 수 있기 때문이다.
이와 마찬가지로
인생은 때론 캄캄한 밤길과 같다.
인생의 함정에 빠지지 않도록
늘 깨어있어야 한다.
깨어있는 자는 함정을 피해갈 줄 안다.

사색을 포기하는 것은 파산선고와 같다.
자기의 사색으로 진리를 인식할 수 있다는 확신을 잃었을 때 회의가 시작된다.

_슈바이처

자신의 노력을 믿어라

기적을 믿기보다는
자신의 노력을 믿어라.
기적이나 요행을 바라게 되면
자신에게 있는 능력까지 소멸될 수 있다.
성공을 꿈꾼다면
자신의 능력을 최대한 계발해라.

사람을 강하게 만드는 것은 사람의 일이 아니라, 하고자 하는 노력이다.

_어니스트 헤밍웨이

현실을 직시하는 눈을 기르기

현실을 직시하는 눈을 길러라.
무슨 일을 하든 현실을 정확하게 판단하는
눈이 밝아야 자신이 하는 일을
성공적으로 이끌어낼 수 있다.
많은 독서를 하고 신문과 뉴스 보기를 즐겨라.
세상을 보는 상식의 깊이가
현실을 직시하는 눈을 길러준다.

문제를 직시하는 것, 항상 정면으로 대하는 것,
그것이 상황을 밀고 나가는 방법이다. 용감하게 맞서라.

조셉 콘라드

숨은 1%의 창의력을 계발하기

자신의 숨은 1%의 창의력을 계발하라.
남들이 생각하지 못하는
아이디어를 계발만 한다면
그것은 커다란 결과를 가져다준다.
그리고 자신을 새로운 인생길로
나아가게 할 것이다.

'노№'를 거꾸로 쓰면 전진을 의미하는 '온on' 이 된다.
모든 문제에는 반드시 문제를 푸는 열쇠가 있다.
끊임없이 생각하고 찾아내어라.

노먼 V. 필

생각의 차이가 성패를 결정한다

무슨 일이든 할 수 있다는 사고방식을 가져라. 긍정적인 생각을 갖게 되면 무슨 일이든 능히 할 수 있다는 자신감이 들 것이다.

'나는 할 수 있다'고 생각하라. 모든 성패는 생각의 차이에서 온다. 생각의 중심이 성공할 수 있는 조건으로 향하면 성공에 이르는 확률이 그만큼 높아지고, 생각의 중심이 부정적으로 향하면 실패에 이르는 확률이 많다는 사실을 마음에 새겨 실천하라.

불가능하다고 생각하면 그 어떤 것도 가능하지 않으며, 가능하다고 생각하면
그 어떤 것도 불가능하지 않다. 긍정적으로 생각하고 노력하라.
그러면 무엇이든 가능하다.

토머스 J. 빌로드

성공주의자의 10가지 조건

성공적인 인생이 되기 위해서는 성공주의자가 되어야 한다. 성공주의자가 되기 위해서는 첫째, 나는 행복한 사람이라고 여겨라. 둘째, 나는 무슨 일이든 할 수 있다고 생각하라. 셋째, 실패를 두려워하지 말고 실패를 기꺼이 받아들여라. 넷째, 처음부터 너무 잘 하려고 하는 조급한 마음을 버려라. 다섯째, 자신과의 약속이라도 반드시 지켜라. 여섯째, 무엇을 할 땐 오늘이 마지막인 듯 열정적으로 하라. 일곱째, 오늘 일을 내일로 미루지 마라. 여덟째, 모르는 것은 알 때까지 파고들어라. 아홉째, 불가능은 있다는 미혹에 빠지지 마라. 열 번째, 쓸데없이 시간을 낭비하지 마라.

멈추지 말고 한 가지 목표에 매진하라.
그것이 성공의 비결이다.

_안나 파블로바

절대적인 인생의 가치

꿈이 있는 삶은 가난해도 행복하다.
그러나 꿈이 없는 삶은
돈이 많아도 행복하지 않다.
꿈은 돈이 줄 수 없는
절대적인 인생의 가치를 지녀
사람들을 행복하게 만드는 것이다.

물감을 아끼면 그림을 못 그리듯, 꿈을 아끼면 성공을 그리지 못한다.

_맥스웰 몰츠

진정한 실력자가 되기

돈이 없음을 부끄러워하지 말고
진정한 실력자가 돼라.
아무리 돈이 많아도 아는 것이 없으면
그 사람을 낮춰본다.
무식한 게 돈은 많아서 거드름을 피운다느니
모르면서 돈복은 있어 갖고
잘난 척을 한다느니 하며 비난을 퍼붓는다.
아는 게 없다는 것은
돈이 없는 것보다 더 부끄러운 일이다.

우리는 기회를 기다리는 사람이 되기 전에
기회를 얻을 수 있는 실력을 갖춰야 한다.

_안창호

전문 지식을 갖추기

현대는 전문 지식과 전문가를 요구한다. 현대는 모든 분야에서 단편적인 것이 아닌 전문적인 것을 요구하는 사회이다. 하나를 알아도 깊이 있게 아는 것을 원한다. 그래서 표피적이고 단순한 지식으로는 자신이 원하는 직업을 가질 수 없다.

기업이나 사회에서 요구하는 실력을 갖추어라. 그렇지 않으면 죽었다 깨어나도 자신이 원하는 직업을 갖거나 일을 할 수가 없다.

과학의 개발이든지 전문 지식의 축적이든지 열정은
고된 작업을 즐거운 업무로 바꾸어준다.

도니

집중력을 길러야 하는 이유

집중력이 성패를 결정한다. 집중력은 자신이 하는 것에 대해 다른 생각을 하거나 한눈팔지 않고 완전히 몰입하는 것을 말한다. 집중력을 길러야 한다는 것은 누구나 알고 있지만 그것을 실천으로 옮기는 데는 매우 약하다. 끈기와 인내심이 부족하기 때문이다. 아무리 생각이나 취지가 좋아도 실천하지 않으면 아무 소용이 없다.

집중력을 길러라. 집중력은 그 사람이 지닌 원초적인 능력을 최대한 끌어올리게 한다. 이는 집중력이 분산되는 능력을 하나로 모아주기 때문이다.

집중력은 자신감과 갈망이 결합하여 생긴다.

_아놀드 파머

낙관적으로 생각하기

항상 인생을 낙관적으로 생각하라.
낙관적인 생각은 사람을
능동적이고 긍정적으로 만든다.
그래서 시련이 파도처럼 밀려오고
고통이 산처럼 높이 쌓여도 쓰러지는 법이 없다.
오히려 그것을 교훈 삼아 새로운 길을 모색하는
지혜를 발휘하게 되는 것이다.

할 수 있다고 믿는 사람은 그렇게 되고,
할 수 없다고 믿는 사람은 역시 그렇게 된다.

_샤를르 드골

상황을 꿰뚫는 힘, 통찰력을 기르기

상황을 꿰뚫어보는 능력을 길러라.
상황을 제대로 꿰뚫어 본다는 것은
자신에게 주어진 일을
해나가는 데 있어 큰 도움이 된다.
왜냐하면 자신이 하는 일에 대한 분석과
전망에 대한 예측은 물론
예고 없이 발생하는 일에 대해
능동적으로 대처할 수 있는 힘이 되기 때문이다.

통찰력이 없이 일하는 것보다 괴로운 것은 없다.

_토마스 칼라일

리더십을 기르는 방법

성공적인
인생이 되려면 리더십을 길러야 한다.
훌륭한 리더십을 기르기 위해서는

첫째, 사람들에게 강한 믿음을 심어주어라.
둘째, 강한 자신감과 용기를 갖춰야 한다.
셋째, 정직한 마음을 갖추어라.
넷째, 아무도 넘볼 수 없는 실력을 갖추어라.
다섯째, 넓은 포용력을 갖춰야 한다.
여섯째, 자신만의 철학을 가져라.

리더십이란 성실하고 고결한 성품 그 자체다.
리더십이란 잘못된 것에 대한 책임은 자신이 지고,
잘된 것에 대한 모든 공로는 부하에게 돌릴 줄 아는 것이다.

_드와이트 아이젠하워

오늘에 안주하지 않기

오늘에 절대 안주하지 마라. 오늘에 안주하는 사람을 미래는 달가워하지 않는다. 오늘에 안주하는 사람은 미래를 생각하지 않기 때문이다. 오늘이 가면 내일이 오고 내일이라는 오늘이 오면 또 내일이란 미래가 기다리고 있는 게 세상의 순리다.

그런데 미래를 생각하지 않는다면 그것은 자신의 삶을 퇴보시키는 일이다. 그러므로 오늘에 만족하는 사람은 오늘뿐이지만 미래를 향해 나아가는 사람에게 미래는 날마다 오늘이다.

결코 뒤를 돌아보지 마라. 언제나 전방을 보라.

_힐티

자신만의 주체성을 기르기

자신만의 주체성을 길러라. 주체성이 있는 사람과 그렇지 않은 사람은 현격한 차이를 보이기 때문인데 주체성이 있는 사람은 자기 주관이 분명하고 자신만의 색깔을 갖고 있다. 남의 것을 따라 하거나 억지로 흉내내지 않는다. 남에게는 없는 자신만의 것, 이를 개성이라고 하는데 현대 사회는 개성이 뚜렷한 사람을 필요로 하는 시대이다.

삶이란 우리의 인생 앞에 어떤 일이 생기느냐에 따라 결정되는 것이 아니라
우리가 어떤 태도를 취하느냐에 따라 결정되는 것이다.

존 호머 밀스

자신만의 생존법을 길러라

어떤 상황에서도 살아남는
강한 생존법을 배워라.
길이 없으면 찾으면 되고,
찾아도 없으면 길을 만들면서 가면 된다.
언제나 주체적이고
능동적이고 확신에 찬 신념을 가져라.

신념의 힘은 모든 일을 이룰 수 있게 한다.
인간은 자신이 하는 일에 대해 신념을 가져야 한다.

_요한 볼프강 본 괴테

저돌적인 근성을 길러라

저돌적인 근성을 길러라.
무슨 일을 하든 근성이 있어야 한다.
근성은 반드시 목표를 이루겠다는
강한 신념에서 나온다.
자신의 부족한 것을
스스로 익히고 배움으로써
탄탄한 실력을 갖춰라.
거기에 근성 있고
진취적인 리더십을 갖춘다면
어느 분야에서든
크게 성공할 수 있을 것이다.

자신의 능력을 믿어라. 그리고 끝까지 굳세게 밀고 나가라.
_로잘린 카터

담대한 마음을 기르는 방법

무슨 일을 하든 담대해야 한다.
담대하고 강건하면 막힘이 없이 해나갈 수 있다.
담대함 속에는 용기와 의지가
샘솟듯 솟아나기 때문이다.
담대한 마음을 기르기 위해서는

첫째, 마음으로부터 두려움을 없애라.
둘째, 강한 긍지를 가져라.
셋째, 나는 할 수 있다는 확신을 가져라.
넷째, 두둑한 배짱을 길러라.
다섯째, 실패를 겁내지 마라.

용기가 없어도 대담하게 행동하는 훈련을 쌓아나가면,
실제로 대담한 인간이 되어가는 것이다.
용기가 있는 곳에 희망이 있다.

_타키루스

자신의 숨은 잠재력을 발견하기

누구에게나 발전 잠재력은 있다. 자신에게 숨겨진 발전 잠재력이 있는
지를 확인해 보라. 내가 무엇에 관심이 많고 무엇을 특별히 잘하는지
를. 그리고 어떤 일을 할 때 가장 즐겁고 신나고 오래 몰입할 수 있는지
를. 이런 과정을 통해 자신을 테스트해 보고, 자신이 잘하는 것에 관해
전문가에게 조언을 구하라.

그런데 한 가지 마음에 깊이 새길 것은 기분에 따라 자신의 마음이 휘
둘리면 안 된다는 것이다. 아주 냉정히 그리고 침착하게 자신을 점검
해 보라.

이기고자 하는 의지와 성공하고자 하는 열망, 완전한 잠재력에 도달하려는 충동,
이것들이 개인적인 탁월함에 이르는 문을 여는 열쇠다.

_에디 로빈슨

땀방울은 언제나 정직하다

최선을 다하는 것만이
성공에 이르는 길이다.
땀방울은 사람을 속이지 않는다.
땀방울의 양에 따라
일의 성과는 비례한다.
땀방울을 흘려라.
땀방울을 흘리며 책을 읽고
땀방울을 흘리며 공부를 하고
땀방울을 흘리며 자신의 인생을 개척하라.

꿈꾸는 것도 훌륭하지만 꿈을 실행에 옮기는 것은 더 훌륭하다.
신념도 강하지만 신념에 실행을 더하면 더 강하다.
열망도 도움이 되지만 열망에 노력을 더하면 천하무적이다.

_토마스 로버트 게인즈

고정관념은 변화를 가로막는 최대의 적

고정관념은 변화를 가로막는 최대의 적이다. 고정관념은 새로움을 추구하는 데 있어 방해꾼과 같다. 새로움을 추구하는 사람들에게 고정관념은 답답하고 꽉 막힌 낡은 사고방식에 불과할 뿐이다. 고정된 생각, 고정된 마음, 고정된 습관, 고정된 구태의연한 방식으로는 새로운 도전과 새로운 환경을 개척해 나갈 수가 없다.

매일 자신을 새롭게 하라. 몇 번이라도 새롭게 하라.
내 마음이 새롭지 않고서는 그 어떤 것도 기대할 수 없다.

_동양 명언

새로운 감각을 키우기

이론도 옳지만 이론을 뛰어넘는
새로운 감각을 키워야 한다.
그렇다고 해서 학문적으로 입증된
이론을 도외시하라는 것은 아니다.

그 이론에만 생각을 고정해서는 안 된다는 것이다.
이론과 실제는 맞지 않는 경우가 종종 있으므로
고정된 이론을 뛰어넘는 새로운 감각을 키워라.

진정 무엇인가를 발견하는 여행은 새로운 풍경을 바라보는 것이 아니라
새로운 눈을 가지는 데 있다.

_마르셀 프루스트

근검절약 정신 기르기

근검절약 정신을 길러라. 지금 우리 사회는 과소비 풍조에 휩쓸려 있다. '나 하나쯤이야' 하는 그 하나쯤이 자신을 망치고 가정을 망치고 사회를 망치고 나라를 망치는 것이다.

근검절약은 좋은 성공 습관이다. 근검절약을 습관화하지 않으면 밝은 미래를 설계하고 개척하는 데 어려움이 따른다. 성공하고 싶다면 반드시 근검절약을 습관화하라.

가지고 싶은 것은 사지 마라. 꼭 필요한 것만 사라.
작은 지출을 삼가야 한다. 작은 구멍이 배를 침몰시킨다.

_벤저민 프랭클린

행복한 인생의 4가지 조건

행복한 인생의 첫째 조건은 건강이다. 둘째 조건은 남을 배려하고 순수한 마음을 갖는 것이다. 셋째 조건은 지금보다 나은 삶, 지금보다 인간답게, 지금보다 나은 직장인, 지금보다 나은 발전을 위해 항상 노력하는 것이다. 넷째 조건은 뜻을 강하게 하고 굳게 하는 것이다.
이 4가지 조건을 꾸준히 실천한다면 자신이 원하는 행복한 인생이 될 수 있다.

행복이란 스스로 만족하는 데 있다.
남보다 나은 점에서 행복을 구한다면 영원히 행복하지 않을 것이다.
그것은 누구나 남보다 한두 가지 나은 점이 있지만 열 가지가
남보다 뛰어난 사람은 없기 때문이다.
그러므로 남과 비교하지 말고 스스로 만족할 줄 알아야 한다.

_알랭

| Chapter 5 |

나를 행복하게 하는
사랑의 잠언

사랑은 인간이 살아가는 존재의 이유이자 목적이다.
많은 부를 쌓고, 높은 지위에 오르는 것 또한
사랑을 위해서다.

삶의 불변의 법칙

진정한 행복을 느끼고 싶다면, 당신이 먼저 당신이 사랑하는 이에게 사랑을 베풀어라. 당신이 사랑하는 이는 당신의 사랑으로 인해 매우 행복해할 것이다. 그리고 그 역시 고이고이 간직해오던 자신의 사랑을 당신에게 아낌없이 줄 것이다.

주는 사랑의 행복이 받는 사랑의 행복보다 더 크고 깊다. 당신이 더 큰 사랑을 받고 더 많은 행복을 누리고 싶다면 아낌없이 당신의 사랑을 베풀어야 한다. 자신이 주는 대로 받는 것이 삶의 불변의 법칙이기 때문이다.

남을 사랑하는 데 인색하다면 남도 나를 헌신짝처럼 여길 것이다.
남을 소중히 대할 때 남도 나를 소중히 만들어줄 것이다.

_동양 명언

생각하는 사랑을 하라

사랑하는 사람을 어떻게 하면 더 사랑할 수 있을까, 어떻게 하면 더 행복하게 할 수 있을까를 생각하는 사랑은, 사랑하는 이는 물론 자신을 더 행복하게 한다. 사랑은 역동적일 때 더욱 서로를 사랑하게 되고, 지금보다 더 행복한 삶을 살아가게 되기 때문이다.

어떻게 하면 사랑하는 이를 더욱 행복하게 하고 더 아름다운 사랑을 할 수 있을지에 대해 곰곰이 생각하고 또 생각하라. 생각하는 사랑은 지루하지 않으며 언제나 풋풋하다.

중요한 것은 사랑을 받는 것이 아니라, 사랑을 하는 것이다.

_윌리엄 서머셋 몸

삶의 위안이 되는 슬픔

슬픔의 고통에서 헤어나올 수 있는 길은 그 슬픔을 받아들이는 것이다. 슬픔은 슬픔으로 치유하는 까닭이다. 단, 한 가지 명심할 것은 슬픔의 노예가 되어서는 안 된다는 것이다. 그것은 스스로를 파멸로 이끌 수도 있기 때문이다.

삶의 위안이 되는 슬픔, 그 슬픔은 얼마든지 사랑해도 좋다. 그것은 생산적이고 창의적인 슬픔인 까닭이다.

눈물이 흐르도록 내버려둬라. 눈물이 멈추도록 내버려둬라.
가슴속 가장 깊은 곳에 있는 비통함까지 다 끌어올리도록
이 비통함의 끝이 보이도록 그냥 내버려둬라.

_세네카

행동하는 사랑을 하라

생각에만 머무르는 사랑은 사랑이 아니다.

생각을 넘어 행동이 들어가야

진실로 행복한 사랑을 느낄 수 있다.

행동이 따르지 않는 사랑은 뿌리 없는 나무와 같다.

누구든 행복하고 아름다운 사랑을 원할 것이다.

그렇다면 행동하는 사랑을 하라.

이런 사랑이야말로

사랑의 뿌리를 탄탄히 다지는 멋진 사랑이다.

마음으로 아무리 사랑한다 해도
표현하지 않으면 상대방은 그 마음의 진실을 모른다.
아름답고 행복하고 진실한 사랑을 원한다면
말과 행동으로 적극 표현하라.
사랑은 표현이다.

_김옥림

사랑의 숲을 가꾸는 마음의 정원

사람들은 누구나 마음의 정원을 가지고 있다. 그리고 그 정원에서 사랑의 숲을 가꾸며, 행복한 꿈을 꾸고 그 꿈을 이루며 살아간다.

마음의 정원인 사랑의 숲을 아름답게 가꾸고 싶다면, 사랑하는 사람을 위해 당신의 열정을 아끼지 마라. 사랑하는 이가 감동할 수 있도록, 그래서 자신의 사랑을 당신에게 아낌없이 베풀게 하라.

당신의 사랑과 당신이 사랑하는 이의 사랑이 함께할 때 사랑의 숲은 가장 향기로운 꽃으로 가득 차게 될 것이다.

사랑을 베푼다는 것은 이 세상을 꽃밭으로 만드는 위대한 열쇠이다.

_R. 스티븐슨

사랑은 참 좋은 인생의 선물

사랑을 하면 행복으로 충만해져,
마음을 순수하고 맑고 순정하게 한다.
그래서 모든 것들이 아름답게 보인다.
사랑이 많은 사람이 마음이 아름다운 것은
바로 이런 이유에서이다.
충만한 행복으로 인생을 풍요롭게 살고 싶다면,
마음 가득 사랑을 품고 아낌없이 사랑하라.
사랑은 참 좋은 인생의 선물이다.

사랑은 아낌없이 주는 것이다.

_레프 톨스토이

사랑은 화수분, 충만한 사랑을 하라

사랑은 화수분과 같아 아무리 퍼주어도 퍼준 것 이상으로 다시 채워진
다. 그러나 사랑에 인색하면 있는 사랑마저도 어디론가 사라지고 만다.
그런데 문제는 사랑에 인색한 만큼 삶이 남루해진다는 것이다. 남루하
고 비루한 삶을 살지 않으려면 충만한 사랑을 통해 자신의 사랑의 샘
물을 풍족하게 해야 한다.
사랑의 샘물이 풍족해야 아름답고 가치 있는 삶을 살게 된다.

얼마나 많이 주느냐보다
얼마나 많은 사랑을 담느냐가 중요하다.

_마더 테레사

자신을 극복하는 사랑

자신을 넘어서 자신을 극복하지 못하면, 사랑다운 사랑을 한다는 것은
불가능하다. 사랑은 자기를 극복하고 넘어설 때 더욱 찬란하게 빛난다.
자신을 이긴 사람만이 진정한 사랑을 할 수 있기 때문이다.

진정한 사랑을 원하는가. 그렇다면 자신을 이기는 사람이 돼라. 그래
야 그 무엇에도 결코 흔들림 없이 자신의 사랑을 보존하며 활짝 펼쳐
나갈 수 있다.

사랑한다는 것은 자기를 넘어서는 것이다.
오스카 와일드

긍정적인 사랑

긍정적인 사랑은 불가능을 가능하게 하는 무한한 힘을 가지고 있다. 긍정적인 사랑에는 긍정의 에너지가 있어, 그 어떤 것에도 주저하거나 두려워하지 않기 때문이다. 당신이 꿈꾸는 삶의 목적을 이루고 싶다면 망설이지 말고 긍정적인 사랑을 하라. 긍정적인 사랑을 하는 순간, 당신이 원하는 꿈은 당신이 원하는 대로 당신을 향하여 한 발 한 발 다가올 것이다.

사랑할 줄 아는 사람은 자기의 정열을 지배할 줄 아는 사람이다.
그러나 사랑을 할 줄 모르는 사람은 자기의 정열에 지배를 받는 사람이다.

_호라티우스

아름다운 마음과 마음의 결합

사랑을 하게 되면 마음이 예뻐지고
넉넉해지고 너그러워진다.
사랑은 아름다운 마음과 마음의 결합이다.
그런 까닭에 사랑하는 마음이 함께하면
더 마음이 예뻐지고 넉넉해지고 너그러워진다.
그리고 어디서든 무엇을 하든
어떤 일을 만나든
서로의 사랑으로 마주보며 함께함으로써
아름답고 행복한 결과를 얻게 되는 것이다.

인생에 있어서 최고의 행복은 우리가 사랑받고 있음을 확신하는 것이다.
_빅토르 위고

참된 사랑 진실한 마음

참된 사랑은

거짓 마음으로 위장할 수 없다.

아무리 숨기려고 해도 거짓 마음은

파도에 쉽게 휩쓸려 나가는 모래와 같다.

그러나 진실한 마음은 그 어떤 것으로도

저해하거나 가로막을 수 없다.

진실한 마음만 있다면 그 어떤 것도 해낼 수 있다.

그래서 진실한 마음만이

참된 사랑을 할 수 있는 것이다.

사랑은 눈으로 보지 않고 마음으로 보는 것이다.

_윌리엄 셰익스피어

사랑은 현재가 중요하다

사랑은 현재가 가장 중요하다.
내일은 누구도 장담할 수 없다.
오늘 하는 사랑이 가장 아름답고,
가장 신선한 사랑이다.
오늘은 서로 함께할지라도
내일은 서로 함께 못할지도 모른다.
사랑을 미루지 마라.
행복한 오늘을 꿈꾼다면
이 세상 모두를 다 가진 듯이
지금 사랑하고 오늘 사랑하라.

미래에 있어서의 사랑이란 없다. 사랑이란 오직 현재에 필요한 것이다.
현재에 사랑을 보지 못하는 사람은 사랑이 없는 사람이다.

_레프 톨스토이

시는 마음의 본향이다

시는 인간의 정서를 맑게 하고, 생각의 깊이를 더해주는 문학의 정수精髓이다.

그런데 시가 독자들로부터 외면 받고 있다. 시가 읽히지 않는 것은 시인들의 잘못이 크다. 뜻도 이해할 수 없는 시를 남발하다 보니 언젠가부터 독자들이 시에서 멀어져 갔던 것이다.

그러나 이제라도 시를 읽어야 한다. 마음을 따뜻하게 하는 맑고 고운 시, 사랑하는 마음을 길러주고 행복으로 이끌어주는 서정적이고 정감 있는 시를 많이 읽어야 한다. 시를 많이 읽는 사람이 마음이 맑고 사랑이 넘치는 것은, 시는 마음의 본향과도 같은 것이기 때문이다.

시는 가장 행복하고 가장 선한 마음의,
가장 선하고 가장 행복한 순간의 기록이다.

_M.W 셸리

연애에서 가장 중요한 것

첫째도
상대를 배려하고,

둘째도
상대를 배려하고,

셋째도
상대를 배려하고 배려하라.

연애에서 가장 중요한 것은 서로에 대한 배려이다.
배려에 익숙해질수록 사랑은 더욱 깊어지고 서로에 대해 갈망하게 된다.
배려하라. 배려는 사랑의 또 다른 이름이다.

물과 같은 사랑

언젠가 노을빛이 깊게 물든 남한강을 바라본 적이 있다. 그때 내가 서 있는 곳은 강원도 최남단이었고, 강 건너편은 충청북도 앙성면이었다. 건너편 강 언덕으로는 작은 마을이 있었는데 마치 연하엽서에 나오는 그림처럼 그 모습이 한 폭의 수묵화를 보는 것처럼 황홀했다. 그 어느 이름 높은 화가인들 그처럼 아름다운 그림을 그리지는 못할 것이다.

하지만 그때 나는 황홀감 뒤에 찾아오는 서늘한 아쉬움도 함께 느낄 수 있었다. 그것은 한 번 떠난 강물은 다시 돌아오지 않는다는 것 때문이었다. 강물은 흘러가는 데 익숙할 뿐 되돌아오는 법을 모른다.

사랑을 하다 보면 아주 사소한 오해로 이별을 맞기도 한다. 그 상실감으로 마음 아파하고 지독한 고통의 바다에 빠져 허우적거리기도 하지만, 자신을 반성하고 그 사랑을 간절히 원하면 떠났던 사랑이 다시 되돌아오기도 한다.

한 번 떠난 강물 같은 사랑을 원치 않는다면 그 사랑이 떠나기 전에 꼭 붙들어야 한다. 그리고 둘 사이에 사랑이 행복의 강물이 되어 흐르게 하라.

물은 헛된 행복과 같이 흘러가 버린다.
그러나 사랑은 흘러갔다가도 충실하게 되돌아온다.

_아른트

햇살 맑은 날 나는

햇살이 눈부시게 쏟아져 내리는 날은 몸과 마음이 먼저 반긴다. 마치 기다렸다는 듯이 몸과 마음은 밖으로 줄달음질한다. 산천초목도 어제보다 더 맑고 푸르게 빛나고, 만나는 사람 누구에게도 먼저 다정스레 인사를 건네고 싶다.

나는 햇살 눈부시게 맑은 날은 한 그루 사과나무가 되고 싶다. 그리고 사랑의 나무가 되고 싶다. 그래서 내 사랑이 담긴 맛있는 사과를 내가 사랑하는 사람들에게 아낌없이 나눠주고 그들과 함께 행복한 시간을 보내고 싶다. 햇살 맑은 날은 하나님이 주신 고귀한 선물이다.

자신을 사랑하는 법을 아는 사람이
가장 위대한 사람이다.

_마이클 매서

사랑의 화인火印

사람은 누구나 지워지지 않는 사랑의 추억을 갖고 산다. 아무리 지우려 해도 지워지지 않는 사랑의 추억은 더 이상 추억이 아니라 마음 한가운데 화인火印처럼 찍힌 화석이다.

사람은 추억을 먹고사는 동물이다. 특히, 기쁨을 주는 사랑의 추억은 사람에게 있어 귀중한 보석과도 같다. 그토록 아름답고 소중한 사랑의 추억을 그대는 가졌는가. 그렇다면 그대는 정녕 행복한 사람이다.

사랑했던 시절의 따스한 추억과 뜨거운 그리움을 신비한 사랑의 힘에 의해
언제까지나 사라지지 않고 남아있게 한다.

_발타자르 그라시안

다시는 사랑할 수 없을 것처럼

사랑은 인간이 살아가는 존재의 이유이자 목적이다. 많은 부를 쌓고, 높은 지위에 오르는 것 또한 사랑을 위해서다.

그러나 사람들 중엔 이를 잘못 이용하는 이들이 있다. 그것은 사랑을 모독하는 일이며 무식을 드러내는 행위와 같다.

"사랑하라, 한 번도 상처받지 않은 것처럼."

이는 《왕자와 거지》를 쓴 마크 트웨인이 한 말로, 그만큼 아름답고 행복하고 숭고한 사랑을 하라는 의미이다. 그런데 이런 사랑을 한다는 것은 어렵고도 어려운 일이다.

하지만 그래도 해야 한다는 것이 마크 트웨인의 생각이다. 인간에게 있어 사랑처럼 고귀한 것은 없기에 그렇게 사랑하라는 것이다.

그렇다. 사랑은 그렇게 하는 것이다. 다시는 사랑할 수 없을 것처럼 사랑하고 사랑하고 그리고 사랑하라.

사랑을 받는 것이 행복이 아니다.
사랑을 주는 것이야말로 진정한 행복이다.

_헤르만 헤세

작은 오해, 작은 다툼도 지나치지 않기

사람들은 대개 작은 것은 작다는 이유만으로 등한시하거나 무시하는
경우가 있다.

그러나 그것은 매우 잘못된 생각이다. 비행기의 작은 부품이 하나만 없
어도 그 비행기는 하늘을 날 수 없다. 자칫 돌이킬 수 없는 사고를 불러
일으킬 수 있기 때문이다. 작은 부품 하나는 아무것도 아니지만 그 작
은 부품이 없으면 자동차도 기차도 배도 움직일 수 없다.

작은 것은 그냥 작은 것이 아니다. 그것은 전부가 되기도 한다.

사랑 또한 마찬가지다. 작은 오해, 작은 다툼으로 인해 사랑이 깨지곤
한다.

오래가는 사랑을 하고 싶다면 작은 아픔까지도 사랑하고 작은 오해, 작
은 다툼도 지나쳐서는 안 된다.

사랑을 하고 있는 동안은 사랑하는 사람에 대한 마음과 감정은 가장 좋은 것만을
베풀게 된다. 그러나 서로 오해가 생기게 되면 상대편에게서 그것을 사정없이 빼앗아간다.

_필리베르 조셉 루

함께하는 사람이 가장 소중하다

같이 잠자리에 눕고, 같이 잠자리에서 일어나고, 같은 식탁에서 같이 밥 먹고, 같이 마트 가고, 같이 여행 가고, 같이 노래 부르고, 같이 산책하고, 같이 마시고, 같이 도란도란 이야기꽃을 피우는 사람이 곁에 있다는 것은 행복한 일이다.

혼자인 사람은 혼자 자리에 눕고, 혼자 자리에서 일어나고, 혼자 밥 먹고, 혼자 마트 가고, 혼자 여행 가고, 혼자 노래 부르고, 혼자 산책하고, 혼자 마시고, 혼자 고독의 시간을 보낸다. 이 얼마나 쓸쓸하고 외롭고 허전한 일인가.

함께하는 사람이 있다는 것만으로 감사하라. 함께하는 사람은 세상에서 가장 소중한 사람임을 잊지 마라.

사랑이란 서로 마주보는 것이 아니라
함께 같은 방향을 바라보는 것이다.

_생텍쥐페리

사랑에도 색깔이 있다

사랑에도 색깔이 있다. 사랑하는 이가 어떤 상황에 있느냐에 따라 사랑의 색깔을 달리하라.

그런데 사람들은 너 나 할 것 없이 이를 그냥 지나칠 때가 많다. 그래서 울고, 미워하고, 사랑에 아파하고, 고통스러워한다. 이 얼마나 무지하고 비합리적인 일인가.

오래가는 사랑, 오래가는 행복을 위해서는 그때그때마다 색깔을 달리하는 사랑을 해야 한다. 그것이 당신의 사랑을 가장 빛나는 진주가 되게 한다.

우리는 오직 사랑을 함으로써
사랑을 배울 수 있다.

_아이리스 머독

사랑하는 사람은 한 송이 꽃이다

사랑하는 사람은 한 송이 꽃과 같다. 사랑하는 사람에게는 그 사람만의 향기가 있다. 그 향기는 사랑하는 이에게는 가장 아름다운 향기다. 사랑하는 사람의 향기를 더 많이 느끼기 위해, 사람들은 가장 아름다운 말로 사랑을 하고, 가장 멋지고 다정스러운 몸짓으로 사랑을 한다.

사랑하는 사람의 사랑이 시들지 않게 사랑을 주고, 꿈을 주고, 세상을 다 가진 듯 행복하게 하고, 그 어떤 슬픔도, 그 어떤 아픔도 다 받아주어야 한다.

사랑은 그런 것이다. 사랑하는 이의 모든 것을 다 받아주고 함께하는 것이다.

사랑할 수 있다는 것은
모든 것을 할 수 있다는 것이다.

_안톤 채홉

서두르지 않는 사랑

사랑은 기다림을 필요로 한다. 처음 만나 사랑을 할 땐 서로를 알아가는 시간이 필요하다.

그런데 서로를 알 때까지 기다리지 못하고 서두른다면 그 사랑은 제대로 이어감은 물론 이어간다고 해도 오래가지 못하고 막을 내릴 수도 있다. 사랑은 반드시 기다림을 필요로 하고, 그 사랑은 언제나 기다림 끝에서 온다. 그리고 그 사랑이 차곡차곡 쌓여 알차게 여물면 주체할 수 없는 행복이 손을 흔들며 다가온다.

서두르지 않는 사랑, 그 사랑이 오래간다.

먼저 핀 꽃이 먼저 진다.

_《채근담》

끌림이 있는 사랑

사랑하는 이에게 끌림을 주지 못하면 사랑을 이룰 수 없다. 끌림은 처음 보는 순간 자연적으로 되는 것이지만, 노력으로도 얼마든지 끌림을 줄 수 있다. 사랑하는 이에게 맞춰준다든지. 사랑하는 이를 감동할 수 있게 하면 사랑하는 이는 자신도 모르게 끌려오게 된다.

사랑을 하고 싶다면 사랑하는 이에게 끌림을 주는 사랑을 해야 한다. 끌림이 없는 밋밋한 사랑은 사랑하는 사람에게나 자신에게도 유쾌하지 못할 뿐만 아니라 무의미하기까지 하다.

끌림이 있는 사랑, 그런 사랑을 하라.

순간을 사랑하라.
그러면 그 순간의 에너지가
모든 경계를 넘어 퍼져나갈 것이다.

코리타 켄트

감동을 주는 사랑

감동이 없는 사랑은 메말라서 오래가지 못한다. 감동적인 사랑을 하기 위해서는 자신이 먼저 감동을 주는 사랑을 해야 한다. 먼저 받으려고 기다리면 그가 떠날지도 모른다. 그 또한 먼저 감동적인 사랑을 받고 싶어 하기 때문이다.

감동을 주는 사랑은 그렇게 어렵지 않다. 상대가 무엇을 좋아하고, 무엇을 원하는지 잘 살피는 노력만 기울여도 얼마든지 상대의 마음을 움직일 수 있다.

노력하는 사랑이 감동을 준다.

사랑은 줄 때만이 간직할 수 있다.
주저앉을 때 사랑은 떠나가 버린다.

_알버트 허바드

첫사랑을 잊지 못하는 이유

누구에게든지 첫사랑은 있다. 그 시기가 다를 뿐 첫사랑은 반드시 겪게 된다.

그런데 아이러니하게도 이루어지는 첫사랑보다 이루어지지 않는 첫사랑이 대부분이다. 그래서일까, 사람은 대개 첫사랑을 잊지 못한다. 그래서 누구에게나 가슴 한쪽엔 첫사랑이 꽃으로 피어있다.

첫사랑의 향기가 짙은 건 이루어지지 않아서이다. 아름다운 추억의 보석인 첫사랑, 첫사랑이 있는 가슴은 언제나 부드럽고 따뜻하다.

첫사랑이 신비로운 것은 우리가
그것이 끝날 수 있다는 걸 모르기 때문이다.

_벤저민 리즈레일리

사랑의 나무

사랑하는 사람에게 쉼터가 되는 사랑,

사랑하는 사람에게 사랑의 나무가 되는 사랑,

이런 사랑이 사랑하는 이를 사랑의 천국으로 이끈다.

당신은 당신을 어떤 사람이라고 생각하는가.

당신의 사랑에게 당신은 사랑의 쉼터인가.

당신의 사랑에게 당신은 사랑의 나무인가.

그렇다면 당신은 진정한 사랑을 하고 있다고 믿어도 좋다.

또한 당신은 진정한 사랑을 받을 자격이 있다고 믿어도 좋다.

아무한테도 사랑을 받지 못한다는 것은 참혹한 고통이다.
아무도 사랑할 수 없다는 것은 죽음과 같다.

_라이크스터

불가능을 이기는 사랑의 힘

거룩한 사랑 앞엔
그 무엇도 거칠 것이 없다.
아무리 불가능해 보이는 일도,
진실한 사랑만 있다면 충분히 극복해 낼 수 있다.
사랑이 불가능을 이길 수 있는 것은
사랑에는 인간의 상식으로는 계산할 수 없는
엄청난 에너지가 빛을 발하기 때문이다.
절망 속에서도 사랑만 잃지 않는다면
절망을 극복하고
반드시 행복한 오늘을 살 수 있다.

참사랑의 힘은 태산보다도 강하다.
그러므로 그 힘은 어떤 힘을 가지고 있는
황금일지라도 무너뜨리지 못한다.

소포클레스

사랑이 좋아하는 사람

사랑이 많은 사람은 온화하고 인정이 넘친다. 사랑은 이처럼 사랑이 많은 사람을 좋아한다.

그러나 미움이 가득한 사람은 불평과 불만으로 가득 차 있다. 미움은 이처럼 미움으로 가득 찬 사람을 좋아한다. 사랑이 좋아하는 사람으로 살아가느냐, 미움이 좋아하는 사람으로 살아가느냐는 오직 자신에게 달려 있다.

아름답고 행복한 삶을 영위하고 싶다면 사랑을 가득 품고 사랑을 실천하며 살아야 한다. 사랑은 그런 사람에게 더 많은 사랑을 베풀어 준다.

진정한 사랑의 불가결의 조건은 희생적인 헌신,
남의 행복을 제 것인 양 추구하는 것이다.

_뒤파유

빨리 하는 사랑의 위험성

빨리 피는 꽃은 빨리 진다. 빨리 먹는 밥은 밥맛을 제대로 느낄 수 없다. 빨리 달리는 차는 잘못될 확률이 높다. 빨리 하는 음식은 깊은 맛을 낼 수 없다. 빨리 먹는 음식에 체할 수 있다.

무엇이든 빨리빨리 하는 것은 바람직하지 못하다. 특히 사랑을 하는 데 있어 빨리빨리는 좋을 게 없다. 빨리 하는 사랑은 빨리 끝날 수 있기 때문이다. 천천히 서로를 깊이 있게 알아가면서 하는 사랑, 그 사랑은 오래갈 수밖에 없다.

서로의 장단점을 잘 아는 까닭에 서로에게 필요한 것이 무엇이며, 원하지 않는 것이 무엇인지를 잘 알고 대처하는 까닭이다. 차분히 그러나 최선을 다해 사랑하는 이를 사랑하라.

정열적인 사랑은 빨리 달아오른 만큼 빨리 식는다.
은은한 정은 그보다는 천천히 생기며 헌신적인 마음은 그보다도 더디다.
_로버트 스텐버그

인생의 꽃, 사랑

사랑은 누구에게나 인생의 꽃과 같다.

그런데 누구에게나 꽃이 되는 것은 아니다. 참된 사랑을 갈망하고 노력하는 사람에게만 사랑은 향기로운 꽃이 되어준다. 사랑이 필요한 것은 사랑을 위해서도 그러하지만, 지치고 힘들고 어려울 때 큰 힘이 되기 때문이다.

자신의 인생이 진실로 잘되기를 바란다면 최선의 마음으로 사랑하고 사랑에 의지하라. 사랑이 아름다울수록 사랑의 꽃은 더욱 향기롭고, 더욱 아름다운 자태를 뽐내며 활짝 피어난다.

사랑은 최선의 것이다.

_R. 브라우닝

내려놓을 줄 아는 사랑

사랑도 행복도 그 모든 것을 움켜쥐려고만 하는 것은 사랑도 아니고, 행복도 아니며 단지 이기적인 탐욕에 불과하다. 그래서 움켜쥐려고만 하는 사랑과 행복은 진정한 사랑이며 행복이라고 할 수 없다.

내려놓을 땐 내려놓을 줄도 알아야 하고, 베풀 땐 미련을 두지 말고 베풀 줄도 알아야 한다. 자신이 참 행복을 누리며 살기를 바란다면 이기로부터 자신을 흔쾌히 떠나보내라.

내려놓을 줄 알고 떠나보낼 줄 아는 사람만이 모든 이기로부터 자유로울 수 있어 참사랑을 통해 참 행복을 느끼며 즐겁고 기쁘게 살아가게 된다.

내가 이해하는 모든 것은 내가 사랑하기 때문에 이해한다.

_레프 톨스토이

에스프레소espresso와 같은 깊은 사랑

사랑이 깊으면 그 어떤 운명 앞에서도 주눅 들지 않는다.

그런데 대부분의 사람들은 사랑의 운명 앞에 손을 들거나 끝내는 손을 들 수밖에 없다고 생각한다. 이렇게 생각하는 것은 사랑이 깊지 못하고 서로에 대한 사랑의 무게가 가볍기 때문이다. 사랑이 깊으면 운명적인 사랑 앞에도 포기하지 않고 혹여, 운명 앞에 사랑이 무너진다고 해도 그 사랑을 위해 마지막 남은 사랑의 열정으로 끝까지 최선을 다하려고 한다.

인스턴트 사랑이 아닌 에스프레소espresso와 같이 깊은 맛이 우러나는 깊고 깊은 사랑을 하라.

깊은 사랑은 그 어떤 운명도 이겨낼 수 있는 유일한 힘이다.

인간의 사랑은 인간의 위대한 영혼을
더욱 위대한 것으로 만든다.

_실러

연애란 무엇인가

젊음 그리고 연애는 하나의 코드로 인식된다. 젊은 연인들이 손을 잡고 걸어가거나 마주 보고 앉아 오순도순 이야기를 나누는 것을 보고 있으면 한 폭의 그림처럼 아름답고 풋풋하다. 젊다는 것은 그것만으로도 큰 자산이며 축복이다.

열정의 계절인 20대는 인생에 있어 황금기이다. 이토록 아름답고 소중한 시절을 무덤덤하게 보낸다는 것은 자신의 인생에 대한 모독이다. 그런데 연애를 하면 자신이 구속당한다고 생각하는 젊은이들이 많은 것 같다. 그러나 이는 생각하기 나름이다. 연애는 구속이 아니다. 연애는 젊음의 연출이다. 연애를 상대에 대한 구속이라고 여기는 순간, 연애는 더 이상 아름다운 감정의 교류가 아니다. 그런 생각이야말로 연애의 본질을 스스로 망각하는 것이다.

연애는 남녀가 자신의 사랑을 함께 공유하는 사랑의 기술이다.
연애를 통해 아름다운 사랑을 꿈꾸고 행복하기를 바란다면
서로를 구속하지 말고 존중하며 사랑을 공유하라.

연애가 달콤한 이유

연애를 할 때 모든 입술은
달콤한 꿀단지이다.
하는 말마다 상대를 감동하게 하고
기분 좋게 한다.

연애를 하는 동안에는 시인이 된다.
하는 말마다 부드럽고 달콤하다. 사랑이 두 사람을 깊이 감싸고 있기 때문이다.
만일 자신이 이렇다고 생각이 들지 않으면 참다운 사랑을 하고 있지 않다는 방증이다.
깊이 사랑하고 진실 되게 사랑하라.

연애의 기쁨

플라톤이 말했다. "연애할 때 사람은 모두 시인이 된다."

그렇다. 아주 정확한 지적이다. 연애에 빠지면 기분이 상승되고, 매사를 긍정적으로 바라보게 된다. 사물을 바라봐도 그냥 바라보는 것이 아니라 의미를 두고 바라본다.

게다가 요즘은 SNS 시대에 걸맞게 연애편지를 대신해서 수시로 문자를 주고받고, 메일을 주고받기도 한다. 자연히 그러다 보니 표현력이 좋아지고, 글을 쓸 때도 가급적 멋지게 쓰려고 한다. 무엇이든 자주 하면 늘듯 글 또한 자주 쓰면 글 솜씨가 좋아지는 까닭이다.

고대 그리스 철학자 플라톤은 이러한 남녀 간의 연애감정을 간파하고, 연애할 때 사람은 누구나 시인이 된다고 했던 것이다.

이렇듯 연애의 기쁨은 감수성을 자극하여, 연애를 하는 동안 서로에게 집중하게 하고 사랑의 감정을 깊이 몰입시킴으로써 충만한 행복을 느끼게 한다.

더 큰 사랑과 행복을 원한다면 서로에게 충실하라. 그것이 서로에 대한 예의이며 진정성 있는 사랑을 추구하는 일이다.

연애의 기쁨을 공유하기 위해서는 한 사람만이 잘해서는 안 된다.
둘 다 서로에게 충실해야 한다.
사랑의 감정이 둘의 가슴을 행복으로 가득 물들일 때
연애의 기쁨을 만끽하게 된다.

애정의 법칙

애정에도 법칙이 있다. 애정의 지수를 높이기 위해서는 그만한 대가를 치러야 한다. 그 어떤 것도 노력 없이 되는 것은 아무것도 없다.

이에 대해 소설 《적과 흑》으로 유명한 프랑스 소설가 스탕달Stendhal은 이렇게 말했다.

"애정에는 하나의 법칙밖에 없다. 그것은 사랑하는 사람을 행복하게 만드는 것이다."

스탕달의 평범한 듯한 이 말은 남녀 간의 애정 지수를 끌어올리는 데 최선의 법칙이다. 자신의 행복을 위해 최선을 다하는 사람을 좋아하지 않을 사람은 없는 법이니까.

세상을 다 가진 듯 행복하고 싶은가? 그렇다면 당신이 먼저 사랑하는 이를 당신 자신보다도 더 사랑하라.

애정의 지수를 높이기 위해서는 애정의 법칙을 충실히 따라야 한다.
서로에 대해 각별한 사랑의 감정으로 아낌없이 사랑을 전하는 것이다.
각별한 사랑의 감정이 애정의 지수를 최고치로 끌어올리는 것이다.

한 번도 슬프지 않은 것처럼
사랑하는 이를 사랑하라

프리드리히 할름은 이렇게 말했다.

"사랑이란 하늘에 우리를 이끌어가는 별이며,

메마른 황야에서는 한 점의 초록색이며,

회색의 모래 속에 섞인 한 알의 금이다."

그렇다.

사랑은 인간의 삶에서

가장 아름다운 별이며, 황야의 초록빛이며, 황금과 같이 소중하다.

사랑하는 이를 아낌없이 사랑하는 사람은

가장 아름다운 사람이다.

한 번도 슬프지 않은 것처럼 사랑하는 이를 사랑하라.

사랑하라, 한 번도 슬프지 않은 것처럼.
온 생명을 다 바쳐,
다시는 사랑하지 못할 것처럼 사랑하고 사랑하라.

_김옥림

남자와 여자 1

남자 없이 여자 없고,
여자 없이 남자 없다.
어느 하나가 비는 순간
더 이상 삶은 의미가 없다.

인간의 삶은 남자와 여자, 여자와 남자가 함께할 때 풍족해진다.
그 어느 한쪽만으로는 부족하다.
남녀가 함께함으로써 삶은 완성되는 것이다.

남자와 여자 2

남자는
여자로 인해
남자로 거듭나고,
여자는
남자로 인해
더욱 여자다워진다.

여자는 남자에 의해 거듭 여자답게 변화하고,
남자는 여자에 의해 더욱 남자답게 변화한다.
남자는 여자의 삶의 거울이고, 여자는 남자의 삶의 거울이기 때문이다.
서로에게 꼭 필요한 거울이 되어라.

남자와 여자 3

남자는
자존심을
먹고살고,
여자는
사랑을
먹고산다.

남자는 대개 자존심을 목숨처럼 생각하는 경향이 있다.
그러나 여자는 대개 이 세상 단 하나의 멋진 사랑을 꿈꾼다.
이는 남자와 여자라는 성性에서 오는 심리적 현상으로 지극히 자연스러운 일이다.

남자와 여자 4

남자는
술을 마시고
여자는
음악을 듣는다.
술과 음악은 함께할 때
더 분위기를 자아내듯
남자와 여자는
떨어지려야 떨어질 수 없는
인생의 술과 음악이다.

여자 없는 세상 없고 남자 없는 세상 없다.
여자와 남자는 상호보존적인 존재로써 어느 한쪽이라도 없으면
아름다운 삶 또한 없다. 남자와 여자는 서로 다른 하나지만
함께하는 순간 완전한 하나가 된다.

남자와 여자 5

남자가 인생의 시라면,
여자는 인생의 에세이다.

남자는 복잡 다양한 것보다 단순 간결한 것을 좋아하는 경향이 있다.
이에 비해 여자는 단순 간결함보다는 복잡 다양한 것을 선호한다.
남자와 여자는 서로 다르지만 같이 함으로써 서로 다름을 보완하게 되는 것이다.

남자와 여자 6

남자는 물을 마시고도
고기를 먹은 것처럼 굴지만,
여자는 물을 마시고
이슬을 마신 것처럼 행동한다.

남자와 여자의 뚜렷한 차이 중 하나는
남자는 허세에 약하고, 여자는 가식에 약하다는 것이다.
남자와 여자는 근본적으로 다를 수밖에 없는 존재이기 때문이다.

남자와 여자 7

여자는
허세를 부리는 남자를 경계하고,
남자는
허영심에 빠진 여자를 경계하라.

남자는 허세를 조심하고 여자는 허영심을 조심해야 한다.
이를 경계하지 않으면 허세와 허영심에 빠져 삶을 그릇되게 할 수 있다.
이를 각별히 조심해야 한다.

남자와 여자 8

남자는
시각에 민감하다.
남자의 마음을 사로잡으려면
자신을
최대한 잘 가꾸어야 한다.

여자는
청각에 민감하다.
여자의 마음을 사로잡고 싶다면
진정성을 담아
부드럽고 따뜻하게 말하라.

남자를 사로잡으려면 시각적인 효과를 적용하라.
여자를 사로잡으려면 청각적인 효과를 적용하라.
남자는 시각에 약하고 여자는 청각에 약하기 때문이다.

남자와 여자 9

남자는 자신의 힘을
믿고,
여자는 자신의 외모를
과신한다.

남자에게는 수컷의 본능이 있어 힘을 믿고,
여자는 여성성이 강해 외모에 관심이 많다.
남자와 여자는 달라도 너무 다르지만
함께하면 이 모두는 희석되고 만다.

남자와 여자 10

남자는
소리 죽여
울지만,
여자는
소리를 내며
운다.

남자는 자신의 약점을 감추려고만 한다.
그러나 여자는 애써 감추려고 하지 않고 자신을 그대로 드러내려고 한다.
남자는 자신의 감정에 펜스를 치고 여자는 펜스를 허물어 버리기 때문이다.

남자와 여자 11

현명한 여자는
남자를 남자답게 만들고,
우매한 여자는
남자를 어린아이로 만든다.

현명한 여자는 남자를 남자답게 함으로써 자신이 원하는 것을 추구하고,
미련한 여자는 남자의 장점도 단점으로 만들어 버린다.

남자와 여자 12

똑똑한 남자는
여자를 요조숙녀로 만들고,
센스 없는 남자는
여자를 악녀로 만든다.

지혜로운 남자는 여자를 더욱 여자답게 만들지만,
미련한 남자는 지혜로운 여자를 거칠게 만든다.
자신이 원하는 삶을 위해서는 지혜로운 남자가 되어야 한다.

남자와 여자 13

말이 많은 남자는
여자에게 신뢰를 주지 못한다.
여자에게 신뢰를 얻고 싶다면
말은 적게 하고,
말 대신 행동으로 보여라.

말이 많은 남자는 가벼워 보여 신뢰가 가지 않는다.
말이 많은 남자는 자신이 한 말에 대해 실천력이 약하기 때문이다.
특히, 여자에게 신뢰감을 주기 위해서는 말은 적게 하고
행동으로 자신을 보여주어야 한다.

남자와 여자 14

남자는
스킨십에
관심이 있고,
여자는
분위기에
민감하다.

남자와 여자의 확연한 차이는 남자는 터치에 관심이 많고,
여자는 분위기를 즐긴다는 것이다. 서로에게 호감을 끌어올리기 위해서는
이를 적절히 잘 적용하는 것이 좋다.

남자와 여자 15

남자는
여자의
눈물에 약하고,
여자는
남자의
선물에 약하다.

남자는 대개 사랑하는 여자가 눈물을 보이면
여자가 원하는 것을 다 들어주려는 경향이 있다.
여자는 선물 받는 것을 좋아해 사랑하는 여자가 자신을 좋아하게 하려면
가끔 정성이 담긴 선물을 하는 게 효과적이다.

남자와 여자 16

여자는 결혼을 해도
연애 감정으로 살고 싶어 하지만
남자는 결혼만 하면
아저씨가 된다.

남자는 이상하게 결혼을 하면 아저씨가 되려는 경향이 있다.
하지만 여자는 연애할 때의 감정을 그대로 유지하고 싶어 한다.
남편이 아내를 행복하게 해주고 싶다면 연애하는 기분으로 말하고 행동하라.

남자와 여자 17

여자에게
사랑받기 위해서는
애인 같은
남자가 되고,

여자에게
외면 받고 싶다면
꼰대 같은
남자가 되어라.

여자는 결혼 전에나 결혼 후에도 애인 같은 남자가 되기를 바란다.
그러나 남자는 자신도 모르게 꼰대 같이 말하고 행동하려는 경향이 있다.
이는 여자에겐 비호감적인 일이다. 여자에게 자신을 확실히 각인시키기 위해서는
애인 같은 남자가 되어야 한다

| Chapter 6 |

내 인생에 별이 되는
긍정의 잠언

삶을 즐기면서 사는 사람들은 무슨 일을 하는 데 망설임이 없다.
그들이 생각한 것은 곧 현실로 옮겨지며
마치 신나는 게임을 하듯 그 일을 해나간다.

희망을 주는 사람

우리는 서로가 서로에게
"나는 당신을 사랑합니다,
나는 당신을 믿습니다,
나는 당신의 승리를 확신합니다"라고
희망을 주는 사람이 되어야 한다.
누군가에게 희망을 주는 것만으로도
그의 인생은 충분히 가치 있는
인생을 산다고 말할 수 있기 때문이다.
희망을 주는 사람,
희망을 주는 사람이 되어라.

누군가에게 희망을 준다는 것은 큰 축복이다.
그 희망은 자신에게 더 크게 되돌아오기 때문이다. 희망을 주는 사람이 돼라.
희망은 샘과 같아 주면 줄수록 더 풍족한 희망이 된다.

넘어지는 것을 두려워하지 않기

넘어지는 것을 두려워하지 마라.
당신이 지금 잘 걷는 것은
걸음마를 배울 때
많이 넘어져 봤기 때문이다.
당신이 진정 보다 나은 삶을 원한다면
장애물을 두려워하지 말고 넘어가라.

자전거도 넘어지면서 배우고, 걸음을 배울 때도 넘어지면서 배우게 된다.
넘어지지 않으면 제대로 배울 수 없다. 그러므로 넘어지는 것을 두려워하지 마라.
넘어지면서 배우는 게 인생이다.

변화의 걸림돌

배타적인 생각을 버려라.
변화의 걸림돌은
고정관념에도 있지만
배타적인 생각이야말로
가장 위험한 생각이다.
배타적인 생각은
적을 만들 수 있기 때문이다.

배타적인 생각을 갖고 있으면 아무리 좋은 것이라 할지라도 유익함을 얻지 못한다.
배타적인 생각은 변화를 가로막는 부정적인 마인드이기 때문이다.
새로운 세계, 새로운 것을 원한다면 배타적인 생각을 멀리하라.

모험하라, 더 많이 모험하라

모험을 두려워하지 마라.
새로운 미래,
새로운 발상,
새로운 발전을 위해 상상하라.
모험을 두려워하면
그 어떤 결과도 얻지 못한다.

모든 인류의 문명은 모험을 통해 이루어졌다. 모험은 새로움을 창조하는 근원이다.
모험 없이는 그 어떤 것도 제대로 해낼 수 없다.
지금보다 다른 나로 살기를 원한다면 모험을 두려워하지 마라.

삶의 오아시스

마음의 여유는
삶의 오아시스와도 같다.
지치고 힘들수록
마음의 여유를 찾아야
새 힘을 얻어
앞으로 나가는 데 큰 도움이 된다.

힘들고 어려울수록 마음의 여유를 찾아야 한다.
그러지 않으면 지쳐서 모든 것을 손에서 놓고 싶어진다.
마음의 여유는 삶의 오아시스다. 여유로운 마음을 갖도록 해야 한다.

열정형 인간

열정형 인간이 되어라.
열정은 불가능을 가능하게 한다.
열정을 믿어라.
열정이
사라지지 않도록 꿈을 잃지 마라.

지금 자신의 열정의 온도가 얼마인지를 점검해 보라.
만일 열정의 온도가 높다고 생각하면 열정의 온도가 식지 않도록 하라.
그러나 열정의 온도가 낮다면 열정의 온도를 높이도록 하라.

자신을 리드하는 사람

발전적인 사람과 그렇지 못한 사람의 분명한 차이점은, 자신을 혁신시키느냐 못 시키느냐를 보면 안다. 다시 말해 자신을 극복하고 자신이 추구하는 것을 해내느냐, 아니면 해내지 못하느냐는 매우 중요하다는 말이다.

자신을 리드하는 사람은 무엇을 하더라도 두려움을 갖지 않는다. 늘 강한 확신으로 일을 즐기면서 낙관적으로 실행하기 때문이다.

그러나 그렇지 못한 사람은 무엇을 하더라도 두려워하고 몸을 사린다. 부정적인 생각의 지배를 받기 때문이다. 그러다 보니 충분히 할 수 있는 것도 포기하고 만다.

인생을 성공적으로 사는 사람은 무엇이든
자신이 중심이 되어 주도를 한다.
그러나 그렇지 않은 사람은 늘 중심 밖에서 맴돈다.
성공적인 인생이 되고 싶다면 두려워하지 말고
강철 의지와 신념으로 자신이 중심이 되어 끌고 가야 한다.
자신의 인생에게 끌려가지 말고 인생을 리드하라.

삶을 즐기면서 사는 사람들

삶을 즐기면서 사는 사람들은 무슨 일을 하는 데 있어 망설임이 없다. 그들이 생각한 것은 곧 현실로 옮겨진다. 그리고 마치 신나는 게임을 하듯 그 일을 해나간다.

일을 하다 보면 잘될 때도 있지만 잘 안 될 때도 있다. 그래도 찌푸리거나 징징대지 않는다. 그래봤자 자신에게 마이너스가 된다는 것을 잘 알기 때문이다.

"즐겁지 않은 것은 바람직하지 않다. 힘겨운 일에서도 일단 고개를 돌려서라도 지금을 제대로 즐겨야 한다. 현재를 즐겨라. 마음껏 웃고 이 순간 온몸으로 즐겨라."

이는 프리드리히 니체의 말이다. 그의 말에서 보듯 즐겁게 사는 것이야말로 가장 바람직한 삶을 사는 방법이다.

사람들은 말한다. "요즘, 사는 게 즐겁지 않아." 라고. 이렇게 말하는 것은 자신이 원하는 대로 삶이 따라주지 않는다는 것을 의미한다. 그러다 보니 불만이 쌓이고, 매사가 짜증이다.

니체의 말대로 힘들수록 더 즐거운 마음으로 살아야 한다. 웃어서 행복한 것이 아니라, 웃으니까 행복하다는 윌리엄 제임스의 말처럼 자신을 즐겁게 해야 일도 잘 풀린다. 자신을 즐겁게 하는 긍정의 에너지로 가득 채워라.

당신은 가장 빛나는 당신 인생의 주인공이다

먹을 것을 받아먹는 사람은 언제나 그것을 당연시하고 즐기려는 속성이 있다.

그런데 문제는 그런 사람은 스스로 무언가를 할 생각을 안 한다. 나태함에 길들여졌기 때문이다. 하지만 스스로 해 먹는 사람은 자기 입맛대로 해 먹으려는 속성이 있다. 그래서 그런 사람은 누구에게 의지하는 것을 좋아하지 않는다. 오직 스스로를 믿고 행할 뿐이다.

자신을 믿고 실행한다는 것은 자신을 혁신하는 일이며, 지금보다 나은 내일을 추구하는 창의적이고 생산적인 일이다.

당신은 그런 사람이고 싶지 않은가?

당신은 그런 사람이 되어야 한다. 당신은 당신의 인생에 가장 빛나는 주인공이기 때문이다.

사람은 누구나 자신의 인생의 주인공이기를 원한다. 그러나 그렇게 살아가고 있다고 믿는 사람은 별로 없다. 주인공이 되기 위해서는 뼈를 깎는 노력이 필요하다. 그런데 노력은 제대로 하지 않으면서 주인공만 꿈꾼다면 그건 스스로를 부끄럽게 하는 일이며 자신의 능력을 방치하는 어리석은 일이다. 노력해서 안 되는 것은 없다. 주인공은 안 되어도 비중 있는 조연은 될 수 있다. 그러나 노력하지 않으면 아무것도 할 수 없고, 아무것도 될 수 없다. 당신은 당신 인생의 주인공이 될 수 있다. 그러나 어느 누구도 당신을 주인공이 되게 하지 못한다. 다만, 당신이 흘리는 땀방울만이 당신을 주인공이 되게 할 수 있다.

오늘과 다른 내일을 살아가기

내일이
오늘과
다르지 않다면
그것은
죽은 삶이다.

오늘과 내일이 같다면 나쁜 것은 아니다. 그것은 제로와 같은 것이다. 그러나 변화가 없다는 것은 퇴보로 갈 확률이 높다. 퇴보란 유有가 무無가 될 수도 있는 것, 무가 된다는 것은 '없음'을 의미하는 것이며, 곧 '죽은 삶을 말하는 것이다. 빛나는 내일을 살 것인가, 죽은 삶을 살 것인가는 변화를 쫓아가느냐, 뒤처지느냐에 따라 결정된다. 그렇다면 문제는 간단하다. 제대로 살기 위해서는 무조건 변화를 따라야 한다. 오늘과 다른 내일을 산다는 건 인생의 과제이자 의무이다.

무책임한 인생

자신을 방치하는 것처럼
멍청한 일은 없다.
그것은
스스로를 부끄럽게 하는
못난 일이며
그런 사람은
무책임한 인생일 뿐이다.

한 번뿐인 삶을 그대로 방치한다는 것은 스스로를 모독하고 무가치하게 만드는 일이다.
자신에게 부끄럽지 않고 떳떳하게 살고 싶다면 뜻을 세워 반드시 목적을 이루어야 한다.
스스로에게 감사할 수 있는 사람, 스스로를 사랑하는 사람,
그 사람이 진정으로 아름답고 행복한 사람이다.

마음의 굳은살

굳은살이 끼면 부드러운 감촉을 알지 못한다. 굳은살이 부드러움을 막아버리기 때문이다. 이와 마찬가지로 마음의 굳은살이 끼면 생각이 둔해지고 감정이 메말라 좋은 것을 보고도 기뻐할 줄 모르고 어려운 일을 당한 이를 보고도 도와줄 줄 모른다. 마음의 굳은살을 제거하기 위해서는 날마다 자신을 돌아보며 성찰하는 시간을 가져야 한다. 마음의 굳은살을 그냥 둔다는 것은 스스로를 능멸하는 일이다.

가면 갈수록 변화의 속도가 점점 더 빨라지고 있다.
오늘의 시간 속도는 어제의 시간 속도와 다르다.
그런데 오늘을 살아가면서 어제의 시간 속도에 매여 있다면
삶의 감각은 점점 떨어지게 되고 마음에 굳어 굳은살이 끼게 된다.
마음의 굳은살은 삶의 암과 같은 것이어서 생각을 둔화시키고, 감정을 메마르게 한다.
그래서 좋은 것을 보고도 기뻐할 줄 모르고 어려운 일을 당한 사람을 보고도 외면하게 된다.
가슴이 따뜻한 사람이 되고 싶다면 마음의 굳은살이 끼지 않도록 독서를 즐기고,
날마다 자신을 성찰하고, 삶의 감각이 떨어지지 않도록 해야 한다.

삶은 그 어느 것도 모험이다

이 세상엔 그 어떤 것도 모험 아닌 것은 없다. 그래서 모험을 극복하지 않으면 어느 것도 이룰 수 없다.

이에 대해 미국의 시인이자 사상가인 랠프 왈도 에머슨은 말했다.

"삶은 모험이다. 살 수 있는 동안 열심히 살아라. 오늘은 결코 다시 오지 않으며 내일은 오직 한 번 올 뿐이고, 어제는 영원히 가버린 상태다. 현명하게 선택하고 당신이 만들어 낸 모험을 만끽하라."

그렇다.

그 어떤 삶도, 모험 아닌 삶은 없다.

자신이 원하는 것을 얻기 위해서는 모험을 즐겨라. 모험을 즐기는 가운데 원하는 것은 이루어지는 것이다.

내일 무슨 일이 일어날지를 예측할 수 있다면 하루하루의 삶은 지겹고 지루하게 여겨질 것이다. 앞날에 대한 기대감도 사라지고, 새로운 날에 대한 신선함도 사라질 것이기 때문이다. 힘들고 어려워도 삶이 모험과 같을 때 더 큰 희망을 꿈꾸게 되고 더 큰 인생의 묘미를 느끼게 된다. 모험을 딛고 일어설 때 삶은 더 가치 있게 빛나는 법이다.

인격이란 향기

사람에겐 인격이란 향기가 있다.
상대방을 존중하는 마음, 신뢰하는 마음,
정직한 믿음을 주는 마음은 인격에서 나온다.
그런데 인격은 누구에게나 있는 것은 아니다.
인격이란 사람 됨됨이를 갖춘
사람만이 지닐 수 있는 품성이다.

인격은 그 사람의 존재를 높여주는 아름다운 가치이다.
인격을 갖추기 위해서는 배우고, 익히고, 몸과 마음을 닦아야 한다.
아무리 지위가 높고, 물질이 풍족해도 인격을 갖추지 못하면
빈 수레가 요란하듯이 말과 행동이 요란하고 거칠다.
가난하고 배우지 못해도 인품을 갖춘 사람이 진정한 인격자이다.
인격이란 아름다운 향기를 품고 사는 인생이 되어야 한다.

완제품과 성공적인 인생

아무리 정밀하고 품질이 뛰어난 부품이라 할지라도 시도하지 않으면 완제품으로 거듭날 수 없다.

인생도 마찬가지이다. 아무리 재능이 출중하더라도 재능을 뒷받침할 노력이 부족하다면 성공적인 인생이 될 수 없다.

완제품이든 성공적인 인생이든 반드시 시도함으로써만이 완전하게 이루어질 수 있다.

아무리 품질이 좋은 부품을 갖고 있어도, 조립하지 않으면 다만 부품에 지나지 않는다.
아무리 좋은 재능을 갖고 있어도 갈고 닦지 않으면 녹이 슨다.
녹이 슨 재능은 제 역할을 하지 못한다.
재능은 자꾸 갈고 닦아야 빛이 나는 법이다. 무슨 일이든 시도하지 않으면
아무것도 될 수 없고, 그저 아무것도 아닌 것일 뿐이다.
자신이 원하는 것을 얻고 싶다면 무조건 시도하라.
시도하는 자만이 원하는 것을 얻을 수 있다.

최악의 적

게으름과 무지는
자신의 인생을 가로막는
걸림돌이자
최악의 적이다.

게으름은 능력을 갉아먹는 생쥐이다.
아무리 능력이 출중해도 게으른 자는 절대 성공할 수 없다.
능력은 부지런해야 빛을 보는 법이다.
무지 또한 잠재된 능력을 내팽개치는 행위와 같다.
알지 못하는 사람이 없는 사람보다 더 불행하다.
안다는 것은 창조의 행위이다.
게으름과 무지는 반드시 버려야 한다.
발전을 가로막는 적일 뿐이다.
게으름과 무지를 안고 있는 한 있는 능력마저 소멸당하고 만다.

겨울 그리고 봄

겨울을 이긴
봄은
따뜻하다.

혹독한 영하의 날씨는 사람도 나무도 새도 노루도 멧돼지 등도 힘겹게 한다.
춥다는 것은 행동반경을 좁히는 일이다.
행동반경이 좁다는 것은 움직임이 둔화됨을 뜻한다.
추위를 이기기 위해서는 추위에 지지 않으면 된다.
활기차고 역동적인 봄을 맞이하기 위해서는 반드시 추위를 이겨내야 한다.
봄이 따뜻하고 아름다운 건 뜨거운 생명으로 끓어 넘치기 때문이다.
그 봄의 멋진 주인공이 되어보라.

마르지 않는 열정의 힘

아무리 힘들고 어려운 현실에서도 자신을 이겨내기 위해서는 열정이 있어야 한다. 열정은 자신의 취약한 점을 이겨내게 하고, 자신이 목적하는 것을 성사시키게 하는 중요한 마인드이다.

반면에 열정이 사라져 버리면 의지도 목적의식도 같이 사라져 버린다. 그렇게 되면 의기소침해져서 아무것에도 의욕을 갖지 못하고, 마음의 갈등을 하게 된다. 마음의 갈등을 겪게 되면 지금 당장 해야 할 일도 미루게 되고, 그렇게 반복적으로 하다 보면 한없이 나태해지고 게을러진다. 마르지 않는 열정을 기르기 위해서는 늘 자신의 빛나는 미래의 모습을 꿈꿔라. 그리고 늘 생각하고 공부하라.

열정이 있는 사람은 에너지가 넘친다. 그래서 그 사람을 보고 있으면 기분이 좋다.
열정이란 에너지가 내 몸과 마음을 포근히 감싸주기 때문이다.
그러나 열정이 사라지거나 약화되면 삶의 의미가 사라질지도 모른다.
지금 존재하는 모든 문명의 이기는 열정을 가진 이들의 땀이며, 눈물이며, 웃음이며, 기쁨이다. 날마다 열정의 게이지로 열정의 에너지를 측정하라.
그래서 열정의 에너지가 부족하면 채워주어라.
열정이 있는 삶은 그 자체만으로도 가치가 있다.
하지만 열정에 의미가 더하면 삶은 그만큼 더 깊어진다.

자기 창조

지금과
다른 길로 가는 것은
또,
다른 자기의 창조이다.

매일 같은 모습을 하고 있다면, 자신의 인생에 대한 모독이다.
어떻게 자신을 방치할 수 있단 말인가.
삶은 변화를 필요로 하고 변화 속에서 삶은 깊어간다.
변화란 지금과 다른 창조를 의미한다. 창조적이지 않는 것은 변화를 거부하는 것이며,
변화하지 않는 삶은 죽은 삶이다. 생동감으로 가득 찬 내가 되느냐,
무기력함으로 가득 찬 내가 되느냐는 당신의 선택에 달렸다.
지금과 다른 길로 가는 당신이 진정 아름답다.

가장 좋은 벗, 가장 나쁜 벗

세상에서
가장 좋은 벗도 자기 자신이며
가장 나쁜 벗도 자기 자신이다.
자신 스스로에게
가장 좋은 벗이 되어야 한다.
그러기 위해서는
자신을 냉정하게 바라보고
자신의 실수에 관대하지 말아야 한다.
참다운 인생은 스스로에게
가장 좋은 벗으로 사는 사람이다.

자신을 진정으로 사랑하는 사람은 자신에게 가장 좋은 벗이다. 그러나 자신을 사랑하지 않는 사람은 자신에게 가장 나쁜 벗이다. 자신을 사랑한다는 것은 자기를 이기는 일이며, 자신을 사랑하지 않는 것은 자신에게 지는 일이다. 자신보다 소중한 사람은 없다. 자신을 위해서라면 힘들어도 참고, 어려운 일도 참고, 자신의 실수에 대해 반성하고, 잘못에 대해 인정하라. 자신을 이기는 자는 자신을 진정으로 사랑하는 사람이다. 자신에게 가장 좋은 벗이 되고 싶다면, 자신을 진정으로 사랑하고 사랑하라.

지친 마음과 몸을 씻는 법

한 권의 시집과 한 잔의 커피와 음악만 있어도 지친 마음과 몸을 씻고 돌아오기에 족하나니, 여행을 떠나는 순간 일상의 모든 것은 말끔히 잊어라. 오직 그대만을 생각하고, 먹고, 마시고, 떠들고, 웃어라. 그리고 마주치는 이들에게 풋풋한 미소를 보내주어라. 그 미소는 다시 그대를 미소 짓게 하리니, 일상의 묵은 마음을 웃음으로 다 날려버려라. 그대의 몸과 마음이 새털처럼 가벼워질 때까지, 그렇게 하고 또 그렇게 하라.

마음과 몸이 지치면 그 어떤 일에도 의욕이 나지 않는다.
마음과 몸이 피로물질에 쌓여 의욕을 떨어뜨리기 때문이다.
마음과 몸이 제 기능을 하려면 피로를 풀어주어야 한다.
마음과 몸을 풀어주는 데는 여행만큼 좋은 게 없다.
평소에 가고 싶은 곳으로 가서 먹고, 마시고, 실컷 떠들고 웃다 보면
자신도 모르는 사이에 몸에 활력이 일고 풋풋한 생기가 돋는 것을 느끼게 된다.
물론 책을 읽거나 사색을 하거나 명상을 하는 것도 좋은 방법으로,
각자의 성격에 맞게 자신에게 가장 잘 맞는 것으로 하면 된다.
지친 마음과 몸을 쉬게 하라. 활력과 생기를 불어넣고 일상으로 돌아오라.

자신에 대한 믿음을 가져라

남의 것은 절대 쓸 수 없는 것이 바로 자신에 대한 믿음이다. 두려움은 적게, 희망은 많이, 푸념은 적게, 호흡은 많이, 미움은 적게, 사랑은 많이 하라. 그러면 세상의 모든 좋은 것은 당신의 것이 될 것이다. 자신에게 믿음을 갖는다는 것은 이렇듯 자신을 사랑하는 일이며, 자신을 그 모든 것에서 지켜낼 수 있는 강한 용기와 확신을 갖는 것이다. 그 어느 순간에도 자신을 믿어라. 자신을 믿는다는 것, 그것은 곧 자신을 행복하게 하는 일이며 자신을 올곧게 하는 아름다운 일이다.

사람들을 보면 자신에 대해 믿음을 갖지 못하는 이들이 의외로 많음에
놀라지 않을 수 없다. 자신을 믿지 못한다는 것은 자신을 부끄럽게 하는 일이며,
다른 사람들에게 스스로의 가치를 떨어뜨리는 일이다.
자신을 믿는 것은 스스로에 대한 일종의 용기이다.
자신을 믿는 만큼 자신에게 책임짐으로써 자신을 떳떳하고 당당하게 만드는 일이다.
자신을 믿어라. 자신을 믿는 만큼 자신의 삶은 성숙해진다.

꿈은 한계가 없다

인간의 세계엔 한계가 있지만,
꿈엔 한계란 없다.
꿈꿀 수 있는 한 맘껏 꿈꾸라.
꿈은
그 자체만으로도 행복하지만
꿈을 이루면
세상을 다 가진 것처럼 행복하다.

꿈은 어떻게 꾸느냐에 따라 크기와 모양과 색깔이 다르다.
꿈을 작게 꾸면 크기와 모양과 색깔도 그에 맞게 주어진다.
큰 꿈을 이루고 싶다면 꿈을 크게 꾸고 그에 맞게
계획을 세우고, 철저하게 준비를 하고 실행에 옮겨야 한다.
꿈은 때에 따라 우주보다도 더 크고 무한 광대하다.
꿈을 이루고 싶다면 주저하지 마라.
꿈은 꿈을 이루기 위해 애쓰는 자에게 아낌없이 은총을 베푼다.

나를 유익하게 하는 살아있는 독서하기

책을 읽은 후
실천이 따르지 않는 것은
바른 독서가 아니다.
깨달은 것을
실천에 옮기는
살아있는 독서를 하라.

아는 것을 행하지 않는 것은 죄악과 같다.
그것은 자신을 낭비하는 일이며, 자신을 못난이로 전락시키는 우매한 일이다.
모르고 안 하는 것은 어리석음이지만, 알면서 하지 않는 것은 죄로 물들게 하는 일이다.
그렇다면 문제는 간단하다. 자신을 알고 있는 것은 반드시 행하라.
행동은 말보다 강한 것이며 행함으로써 목적을 이룬다.
독서를 통해 몰랐던 것을 알고 나서,
반드시 실천에 옮긴다면 많은 것을 취하게 될 것이다.
이것이야말로 나를 유익하게 하는 살아있는 독서이다.

삶의 향기, 친절

친절한 행동은
보기만 해도
기분이 좋다.
친절은 사람을
기분 좋게 하는
삶의 향기다.

"친절은 궁극적으로 사람들이 당신 곁으로 오게 만든다."
이는 <바디 숍> 창업자인 아니타 로딕이 한 말이다.
친절한 사람은 부드럽고 따뜻하다. 친절한 사람은 화를 내야 하는 상황에서도
웃음을 잃지 않는다. 친절한 사람은 타인을 배려하는 마음이 좋다.
친절한 사람은 남이 먼저 다가오기 전에 자신이 먼저 다가간다.
친절한 사람은 어디를 가든 환영받음으로써 자신을 유익하게 한다.
친절은 사람들을 자신에게 이끄는 강한 흡수력을 지닌,
인간관계를 이어주는 '소통의 스펀지'이다.

자정의 시간 갖기

하루에 한 번은
꼭,
마음을 살피는
자정의 시간을 가져야 한다.
마음이 맑으면
생각도 몸도 반듯해진다.

일일삼성-日三省이라는 말이 있다. 하루에 세 번씩 자신을 살피라는 말이다.
자신이 한 실수와 잘못에 대해 반성하고 자신이 잘한 일은 더 잘할 수 있도록 살핌으로써 몸도 마음
도 생각도 반듯하게 해야 한다. 몸과 마음, 생각이 반듯하면 생산적이고 창의적인 삶으로 자신을 이
끌게 되므로 의미 있게 살아가게 된다.

희망의 태양

어떤 상황에서도
'희망의 태양'을 버리지 않는 한
꿈은 이루어진다.

희망이 없다면 단 일 초라도 살기 어려운 세상이다. 정의는 혼돈으로 치닫고, 탐욕과 이기주의가 팽배한 세상에서의 삶은 때론 거추장스러운 옷을 입은 것처럼 불편하다. 산다는 것 자체가 무의미하게 느껴진다는 것은 슬픈 일이다. 그러나 그럼에도 우리는 살아야 한다.
살기 위해서가 아니라 살아가는 이유를 찾기 위해 반드시 살아서 이 길을 가야 한다.
희망은 자신을 사랑하는 자를 좋아한다. 희망을 버리지 않는 한 희망 또한 그 사람을 버리지 않는다.
희망을 미치도록 열망하고 사랑하라. 희망을 버리지 않는 한 꿈은 반드시 이루어진다.

참 인간

참 인간이란,
최악의 순간에도 인간다움을
포기하지 않는 자이다.

사람은 극한 상황에 처하게 되면 이성을 상실하게 되어 본래의 제 모습을 잃고 비정상적으로 행동하게 된다. 그러나 참된 인격을 지닌 사람은 제 모습을 잃지 않는다. 참 인간이 되기란 쉽지 않지만 참 인간이 되기 위해 성품을 다하고, 마음을 다하고, 노력을 경주해야 한다. 노력해서 안 되는 것은 없다. 다만 자신이 노력을 다하지 못하기 때문에 못하는 것이다. 참 인간이 된다는 것, 그것은 최선의 삶을 사는 것이다.

인생의 소금

고난은
사람을
강인하게
만드는
'인생의 소금'
이다.

고난을 피해 갔으면 하는 것이
인간이라면 누구나 바라는 마음이다.
인간에게 있어 고난이 그만큼 힘들고 고통스럽기 때문이다.
그러나 긍정적으로 생각한다면 문제는 달라진다.
고난은 지금의 자신을 보다 더 발전시키기 위한
기회가 될 뿐만 아니라 고난을 이김으로써
그 어떤 고난에도 굴복하지 않는 강한 마인드를 갖게 된다.
고난을 결코 두려워해서는 안 된다.
고난을 고난이라고 생각하면 고통스러운 일이지만,
자신의 인생을 새롭게 변화시키는 기회라고 생각한다면
고난은 꿈을 이루게 도와주는 '꿈의 도우미'일 뿐이다.

진정한 의義란 무엇인가

불의 앞에
흔들리지 않고
자신을 지켜내는 것이
진정한 '의'이다.

불의에 맞서는 것은 의를 실천하는 참다운 행위이며, 의를 알고도 이를 행치 않는 것은 불의에 굴복
하여 자신의 영혼을 더럽히는 일이다. 군자는 의를 위해 죽을지언정 불의에 타협하지 않으며, 옳음에
서 벗어나 불의를 쫓는 것을 수치로 여겼다.
의가 바로 서면 자유롭고 화평하지만 의가 죽으면 모든 것이 무無로 돌아간다. 의를 지키고 불의를 멀
리하는 것, 그것은 영원을 사는 것이다.

다양한 체험이 우리에게 주는 것

한 사람의 인생에 있어
다양한 체험은 매우 소중하다.
물론 그것이 시련과 고통이라면 다시는
생각하고 싶지 않는 일일 수도 있으나,
지나고 나면 그것은 새로운 인생을
살아가는 데 큰 힘이 되어준다.

인간은 체험의 동물이다.
인간은 살아가는 동안 새로운 것들과 늘 마주친다.
새로운 것들은 두려움을 갖게 하기도 하지만, 호기심을 자극함으로써
인간에게 동기를 부여한다. 인간에게는 새로운 것을 알고 싶어 하는 욕망이 있다.
만일 인간이 새로운 것에 대해 무관심하다면,
인간의 삶은 앞으로 나가지 못한 채 언제나 그 자리에 머물러 있을 수밖에 없다.
인간은 새로운 것들을 통한 다양한 체험 속에서 새로운 인간으로 거듭나
새로운 삶을 살게 된다. 인간에게 다양한 체험이란 보석과도 같다.
그것이 때론 시련과 고통이라 할지라도 이는 변하지 않는 사실과도 같다.

어리석은 일

노력을 뛰어넘는
재능은 어디에도 없다.
그런데 노력 없이 대가를 바라는
사람들이 있음을 종종 보게 된다.
이는 스스로를 기만하고
자신의 재능을 썩게 만드는
어리석은 일이다.

이 세상에 존재하는 것은 그 어떤 것일지라도 자신이 어떻게 하느냐에 따라 완전히 달라진다.
재능이 있다는 것은 크나큰 축복이다. 그러나 그 재능을 살릴 수 있다면 축복의 크기는 더욱 커진다.
그런데 분명히 할 것은 아무리 뛰어난 재능을 지녔더라도 재능만으로는 좋은 결과를 얻지 못한다는
것이다. 재능에 노력이라는 플러스가 가해져야 한다. 노력 없이는 제아무리 재능이 출중하다고 해도,
부족한 재능을 채우기 위해 노력하는 자를 따르지 못한다. 재능만 믿고 노력하지 않는 것처럼 어리석
은 일은 없다.

자신만의 실력 갖추기

자신이 남과 다른 길을 가고 싶다면 남과 다른 자신만의 실력을 갖추어야 한다. 그러기 위해서는 남 눈치 보지 말고, 자신에 대한 강한 확신과 믿음을 갖고, 자신의 개성을 잘 보여줄 수 있는 능력을 길러야 한다. 그렇게 꾸준히 노력하다 보면 뜻하지 않는 결과로 최고의 순간을 맞게 될 것이다.

남과 다른 삶을 살고 싶다면, 남과 다른 자신만의 무엇이 있어야 한다.

그것이 노래든, 글쓰기든, 그림이든, 운동이든, 공부든, 연기든, 그 어떤 것일지라도 자기만의 자기다운 실력이 있어야 한다. 남들과 같아서는 절대로 남을 넘어설 수가 없다. 자기만의 길을 걸음으로써 행복해지고 싶다면 반드시 자기만의 재능으로 실력을 갖춰야 한다.

그런데 남의 것을 좋아 하는 사람들이 많음을 볼 수 있다. 남의 것을 통해 자기만의 것을 취한다면 그것은 생산적인 일로 매우 바람직할 뿐만 아니라 창의적인 것으로 평가 받을 수 있다.

자기다움이 곧 자신을 지금과 다른 삶으로 살게 하는 것이다.

실존적 행위

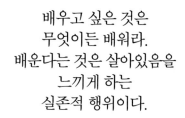

배우고 싶은 것은
무엇이든 배워라.
배운다는 것은 살아있음을
느끼게 하는
실존적 행위이다.

배움은 인간을 가장 현명하게 만드는 창조적인 행위이다.
모르는 것을 배움으로써 새로운 것을 만들어 내고,
새로운 것을 통해 자신의 존재 가치를 분명히 하게 된다.
배움은 가장 역동적인 일이며 가장 창조적인 일이다.
배움엔 시기나 나이, 가문, 돈이 많고 적음을 가리지 않는다.
자신이 배우고자 하는 열의와 실천에 옮기는 실천력만 있으면 된다.
잘 배우기 위해서는 배움을 즐겨야 하고,
배운 것을 잊지 않기 위해 반복적으로 학습하는 것이 필요하다.
배움은 끝이 없다.
배움은 자신이 살아있다는 것을 증명하는 실존적 행위이다.

생각을 확고히 하기

같은 상황에서도

누구는 희망으로 이끌어내고,

누구는 절망하며 좌절에 운다.

희망을 이끌어내느냐,

그렇지 않느냐는

어떤 생각을 가지고 있느냐에 달려있다.

미래가 불투명하다고

불확실성에 빠져 방황하지 마라.

지금의 자리에서 최선을 다한다면

반드시 투명하고,

확실한 미래가 보일 것이다.

같은 상황에서도 사람들에 따라 생각이 다르고 판단이 다르다.
그것은 각 사람마다 가치관이 다르고 사물을 보는 관점이 다르기 때문이다.
긍정적인 사람은 매사를 긍정적으로 생각하고,
부정적인 사람은 매사를 부정적으로 생각한다.
자신이 진정으로 원하는 삶을 살고 싶다면 불가능한 일에도 확신을 갖고 행하라.
생각하면 생각하는 대로 되고, 생각하지 않으면 그 어떤 것도 결코 할 수 없다.
생각을 확고히 하는 것, 그것이 결국 원하는 것을 이루게 한다.

인생이라는 배를 항해하는 법

성공하고 싶다면

자신의 인생이라는 배가

잘 항해할 수 있도록

언제나 잘 관리해야 한다.

그렇지 않으면 어느 순간 배는 멈추고 만다.

배가 멈추는 순간,

배는 더 이상 앞으로 나가지 못하고

좌초되고 말 것이기 때문이다.

사람은 누구나 자신의 인생이라는 배가 목적지를 향해 잘 항해하기를 바랄 것이다.
그러나 삶이라는 바다는 그리 호락호락하지만은 않다.
실패라는 파도의 장애물도 있고, 고난이라는 걸림돌도 곳곳에 도사리고 있다.
실패라는 파도와 고난이라는 걸림돌을 넘지 못하면
절대로 자신의 목적지에 무사히 안착을 할 수 없다.
인생이라는 배가 잘 항해하기 위해서는 그 어떤 장애물도 두려워해서는 안 된다.
그러면 인생이라는 배는 좌초되고 말 것이다.
그러나 파도에 휩쓸리면서도 중심을 잃지 않으면 고난의 파도를 뚫고
반드시 목적지에 안착하게 될 것이다.

성공한 이들의 완벽한 공통점

기업인이든, 작가든, 영화배우든,

개그맨이든, 음악인이든, 체육인이든

자수성가한 사람들의 공통점은

바로 자신을 믿고

최선을 다하는 삶을 견지했다는 것이다.

이토록 자신에게 철저할 수 있는 사람들은

긍정적이고 적극적인 마인드를 가질 수밖에 없다.

그것은 마치,

운명과도 같은 것이라고 할 수 있다.

성공한 이들에겐 저마다의 성공 요소가 있다. 그런데 그들에게는 한 가지 공통점이 있다.
자신을 믿고 자신에게 주어진 일에 최선을 다했다는 것이다.
유럽인이든, 아메리카인이든, 아시아인이든, 남미인이든, 아프리카인이든,
알래스카인이든 이는 하나의 일관된 공통점이라는 사실이다.
자신을 믿는다는 것은 그 어떤 것보다도 중요하다.
아무리 옆에서 격려하고 도움을 준다고 해도 자신이 최선을 다하지 않으면
아무것도 해낼 수 없다. 하지만 자신을 믿고 최선을 다하면 원하는 것을 얻게 된다.
빛나는 삶을 공짜로 얻으려고 해서는 안 된다. 그것은 자신의 인생을
도적질하는 것과 같다. 자신을 믿고 당당하게 최선을 다하는 것,
그것이야말로 자신에게도 그 누구에게도 떳떳한 일이다.

허물을 감추지 않기

지혜로운 사람은

허물을 감추지 않는다.

남의 허물을 보고 자신의 거울로 삼으며

허물을 고치려 애쓴다.

달팽이처럼 움츠려

자신의 허물을 감추려는

어리석은 사람이 되지 말고,

남의 허물을 통해 자신의 거울로 삼는

지혜로운 사람이 되어야 한다.

허물이 없는 사람은 없다. 허물이 없다면 그건 사람이 아니다.
그런데도 허물을 부끄러워하며 자꾸만 감추려고 하는 사람이 있다.
그러고는 자신이 완벽한 것처럼 허세를 부린다. 이는 스스로를 용렬하게 하고
부끄럽게 하는 일이다. 허물을 감추려고도 하지 말고 부끄러워도 하지 마라.
자신의 허물을 인정하고 허물에 갇히지 않게 조심하면 된다. 남의 허물을 통해
자신의 거울로 삼듯 자신의 허물은 누군가에게는 필요한 것일 수도 있다.
단지 허물을 허물로만 보면 허물일 뿐이지만, 허물을 통해 거울로 삼으면 지혜가 된다.

공짜의 유혹에서 벗어나는 법

세상은

그 어느 것도 공짜로 주지 않는다.

생각지도 않은 것이

자신에게 다가오기를 기대하지 마라.

그럴 시간에

자신의 숨은 재능이나 특기를 살려라.

그것이 가장 현명한 인생 계발법이다.

공짜의 유혹에서 벗어나라.

공짜의 유혹에서 벗어나는 가장 확실한 지혜는

공짜를 바라지 않는 것이다.

공짜를 바라는 사람은 공짜 인생이다. 공짜 인생들은 공짜를 바라는 습성이 다분하다.
물론 공짜도 때에 따라서는 필요하다. 그러나 보다 중요한 것은
공짜의 유혹에서 벗어나는 것이다. 자신의 재능을 살리고, 개성을 살려라.
자신의 능력을 통해 자신이 원하는 것을 얻는 것처럼 스스로를 복되게 하고
자랑스럽게 하는 것은 없다. 땀과 열정이 들어가는 삶은 아름답다.
그 아름다운 삶의 주인공이 되어보라. 생각만으로도 얼마나 떳떳하고 아름다운가.
당신이 바로 그런 사람이 되어보라.

적당한 이기주의자가 되기

적당한 이기주의자는

자신을 위해

뒤로 물러날 줄도 알아야 한다.

당장은 속상하고

내가 패배한 것처럼 여겨지지만,

그것은

패배해서가 아니라 더 나은 도전을 위해서다.

일 보 후퇴는 이 보 전진을 위한

적당한 이기주의자가

필히 습득해야 할 전법이다.

이기주의는 부정적인 이미지를 준다. 하지만 적당한 이기는 필요하다.
적당한 이기는 자신을 긍정적이게 한다. 그래서 들 자리와 날 자리를 명확히 구분할 줄도 안다.
주의할 것은 적당한 이기는 필요하지만 이기주의자로 빠지지 않도록 해야 한다.
자신을 돌아보라. 나는 이기주의자인가를.
만일 이기주의자라고 생각이 들면 마음으로부터 내려놓아라. 적당한 이기는 필요하지만, 이기주의
는 자신도 남에게도 깊은 상처가 될 수 있다.

자신을 사랑하는 것은 자신에게 진실해지는 것

자신을 사랑한다는 것은

자신에게 진실해야 한다는 것이다.

자신에게 진실하다는 것은

자신을 사랑해야 한다는 것이다.

자신을 진정으로 사랑한다는 것은

자신을 스스로 대접하는 것이다.

자신을 스스로 대접할 줄 아는 사람은

자신의 일을 사랑하는 사람이고,

그 일에 미치도록 열정을 가져야만

자신을 진실로 사랑하는 것이다.

자신에게 진실한 사람만이 자신을 사랑할 수 있고, 자신을 사랑하는 사람만이 진실해질 수 있다.
사랑은 자신을 진실 되게 함으로써 어느 한순간에도 진실로부터 벗어나지 못한다.
벗어난다면 그것은 진실하지 못하다는 증거다.
자신을 사랑하고 진실하기 위해서는 자신이 하는 일에 좀 더 열정을 갖고 일하고, 자신을 스스로 대
접하는 사람이 되어야 한다. 자신을 사랑한다는 것, 그것은 자신을 진실 되게 하는 것이다.

나의 참모습을 발견하기

나는 가끔씩 산에 오를 때

내 자신의 참모습을 발견하곤 한다.

물론 독서와 묵상을 하지만

산에 오를 땐 색다른 경험을 한다.

산은 그 자체만으로도 내겐 위안이 되며

말을 숨기고도 많은 얘기를 들려준다.

그래서 나는 때때로

산에 오르는 즐거움을 만끽하는 것이다.

내가 산을 오르며

누릴 수 있는 기쁨을 잃지 않는 한

나는 이 원칙을 계속 고수固守해 나갈 것이다.

자신의 참모습은 어떤지에 대해 가끔씩 살펴볼 필요가 있다. 내가 지금 잘하고 있는지, 내가 원하는 길을 가고 있는지, 내가 지금 누군가에게 상처는 주지 않았는지, 내가 지금 잘못된 길로 가고 있지는 않은지에 대해 살펴봐야 한다.

이는 자신의 삶을 스스로 검증하는 일이며 이러한 검증을 통해 자신을 지금보다 나은 길로 나아가게 한다. 자신의 참모습을 살피는 일은 자신을 잘되게 하는 일이다.

인생

인생을 짧다고
생각하는 사람에겐 인생이 짧고
인생을 길다고
생각하는 사람에겐 인생은 길다.
인생을 짧다고 여기는 사람은
그만큼 삶을 가치 있게 산 사람이고
인생을 길다고 여기는 사람은
지루한 삶을 살고 있다는 것을
스스로 자인하는 것과 같다.

자신의 인생이 즐겁고 행복하다면 지금 잘살고 있다는 방증이다. 그러나 지금 자신의 삶이 즐겁고 행복하지 않다면 잘못 살고 있다는 방증이다. 자신의 인생을 즐겁고 행복하게 살기 위해서는 스스로 자신을 만족시킬 수 있도록 해야 한다. 물론 남이 자신을 즐겁고 행복하게 할 수도 있다. 하지만 그것은 어디까지나 일시적인 것이다. 자신의 인생을 즐겁고 행복하게 하기 위해서는 자신을 즐겁고 행복하게 하는 일에 최선을 다해야 한다.

나를 위해 기도하기

기도하는
마음으로 살아야 한다.
늘,
생활 속에서 기도해야 한다.
감사한 것은 감사의 기도를
잘못한 것은
반성의 기도를 해야 한다.
기도는 자신을 수양하는 데 있어
맑은 영혼의 샘물이다.

기도는 종교인들만이 하는 것이 아니다. 기도는 누구나 하는 보편적인 행위이다.
기도는 몸과 마음을 살피는 일이며 기도를 통해 맑은 마음과 맑은 정신을 기르는 행위이다.
또한 자신이 바라는 것들에 대한 아름다운 간절함의 몸짓이다.
기도의 힘을 경험해보지 않은 사람들은 모른다. 기도가 주는 힘이 얼마나 큰지를.
기도하라. 기도는 마음의 중심을 잡아주는 가장 든든한 맑은 영혼의 샘물이다.

이성의 빛

이성의 빛에서 얻은 행복은
변하지 않는 다이아몬드와 같다.
이성은 사람의 정신을
혼탁하게 하지 않는다.
다만 밝고 경쾌한 삶을 통해
자아를 발견하게 한다.

이성理性은 사물의 이치에 대해 바르게 판단하는
사유적인 능력이다. 그래서 이성적인 사람은
감정을 앞세우기보다 매사를 이성적으로 생각한다.
그러나 감성적인 사람은 이성보다는 감정적으로
매사를 대하는 경향이 있다. 그런데 문제는
감정을 앞세우다 보면 트러블로 인해 인간관계에 있어
문제를 야기하게 되는 경우가 종종 일어난다.
여기에 이성적일 필요가 있는 것이다.
이성은 합리적인 사유에서 오는 판단 능력이다.

기회는 운명처럼 온다

기회는
운명처럼 온다.
다만,
그것을
모를 뿐이다.

인생에 세 번의 큰 기회가 온다고 한다.
그런데 그 기회를 잡는 사람보다는 놓치는 사람이
대부분이다. 기회가 언제 오는지 모르는 까닭이다.
그런데 분명한 것은 기회를 기다리지 말고
자신이 먼저 기회를 잡는 일에 열중해야 한다.
기회는 기회를 잡기 위해 노력하는 사람에게
더 많은 기회로 다가오기 때문이다.

최악의 순간에도 길은 있다

손바닥으로 눈을 가리면 하늘을 볼 수 없다. 하지만 조그만 틈새라도 손가락 사이에 생긴다면 맑고 푸른 하늘을 볼 수 있다. 이와 마찬가지로 자신의 현실이 사면초가라 할지라도 그 틈새는 반드시 있는 법이다. 바늘구멍 같은 틈새만 있다면 용기와 희망을 갖고 자신을 에워싸고 있는 현실의 장벽을 뛰어넘는 노력이 필요하다. 그 노력이 자신 앞에 놓여있는 사면초가의 옹벽을 깨뜨려야 열락의 순간을 기쁨으로 맞이할 수 있을 것이다.

대개의 사람들은 최악의 순간에 이르게 되면
공황상태에 빠져 어찌할 줄을 몰라 한다.
모든 것을 잃게 된다는 생각이 이성을 마비시키기 때문이다.
그러나 최악의 순간에도 길은 있는 법이다.
아무리 어렵고 힘든 상황에서도 마음을 굳건히 해야 한다.
호랑이가 앞을 가로막고 있어도 정신을 차리면
위기에서 벗어날 수 있는 기회가 생긴다.
몸과 마음을 바르게 한다는 것,
그것이 최악의 순간을 이기는 가장 확실한 방법이다.

마음의 미네랄

사색은
인간의 본질을 일깨우고
인간다운 삶을
가르치고 인도하는
마음의 미네랄이다.

사색은 생각을 숙성해 새로운 에너지를 분출시킨다.
사색력이 좋은 사람은 새로운 생각을 만들어내는 능력이 뛰어나다.
사색은 단순히 생각하는 것이 아니라,
깊이 그리고 넓게 생각함으로써 사유의 폭을 키우는 행위이다.
사색을 하지 않으면 정신적 빈곤을 불러와 현명함을 잃게 한다.
사색하라, 사색은 지혜의 샘과 같다.

백 년 후에 읽어도 좋을 잠언 315

1판 1쇄 인쇄 2017년 1월 10일
1판 1쇄 발행 2017년 1월 17일
1판 2쇄 발행 2017년 6월 27일
1판 3쇄 발행 2018년 3월 10일

지은이 김옥림
펴낸이 임종관
펴낸곳 미래북
편 집 정광희
본문디자인 디자인 [연:우]
등록 제 302-2003-000026호
주소 서울특별시 용산구 효창원로 64길 43-6 효창동 4층
마케팅 경기도 고양시 덕양구 화정로 65 화정동 965 한화 오벨리스크 1901호
전화 02 738-1227 대 | 팩스 02 738-1228
이메일 miraebook@hotmail.com

ISBN 978-89-92289-90-0   03810